Nicola Förg

Das Winterwunder von Dublin

Nicola Förg

DAS *Winterwunder* VON DUBLIN

Roman

PIPER

Mehr über unsere Autoren und Bücher:
www.piper.de

Wenn Ihnen dieser Roman gefallen hat, schreiben Sie uns unter Nennung des Titels »Das Winterwunder von Dublin« an *empfehlungen@piper.de*, und wir empfehlen Ihnen gerne vergleichbare Bücher.

Von Nicola Förg liegen im Piper Verlag vor:

Die Alpen-Krimi-Reihe:
Tod auf der Piste
Mord im Bergwald
Hüttengaudi
Mordsviecher
Platzhirsch
Scheunenfest
Das stille Gift
Scharfe Hunde
Rabenschwarze Beute
Wütende Wölfe

Glück ist nichts für Feiglinge
Das Winterwunder von Dublin

FSC www.fsc.org
MIX
Papier aus verantwortungsvollen Quellen
FSC® C083411

Originalausgabe
ISBN 978-3-492-06179-7
2. Auflage Oktober 2019

Redaktion: Marion Heister
Satz: Satz für Satz, Wangen im Allgäu
Gesetzt aus der Caslon
Druck und Bindung: CPI books GmbH, Leck
Printed in the EU

But the game never ends
when your whole world depends
On the turn of a friendly card

The Alan Parsons Project

Prolog

Puzzle kam langsam über den Hügel. Sie sank immer wieder tief im morastigen Untergrund ein. Sie war müde, die Flucht letzte Nacht hatte viel Energie gekostet. Es war schwierig, in Ruhe und in Gelassenheit zu fressen. Zu groß war die Angst, immer noch zu neu die Geräusche. Sie erreichte das Plateau des Hügels, unten grasten die anderen. Puzzle ging zögerlich hinunter, fast tastenden Schrittes. Die Herde nahm sie wahr. Eine große dunkle Stute, hochbeinig mit edlem Kopf, löste sich aus der Gruppe, jede Körperfaser gespannt. Aber Puzzles Sehnsucht war größer. Sie lief weiter auf die Herde zu, verharrte kurz. Aus der Herde, die aus ein paar Shetlandponys, zwei, drei Connemaras und einigen rassigeren Pferden bestand, stürzte die große Stute auf sie zu. Bleckte das Gebiss, warf die Vorderhand, Puzzle flüchtete jählings. Ihre Flanken bebten. Doch dann war da ein Gefühl, ein Wissen, ein Lichtstrahl … Eine andere Stute, eine von den Connemaras, kam langsam näher. Puzzle verharrte wie eine Statue. Machte ein paar zögerliche Schritte, dann ein leises Schnobern, ein Blubbern fast. Die beiden Pferde senkten die Köpfe, begrüßten sich. Rihany war mager geworden. Knochig. Diese zwei kannten sich. Aus einem Leben, das von menschlicher Obhut, Reiterei, Futter und Ställen geprägt war. Und nur weil sie sich kannten, ließ die Leitstute die Neue in die Herde.

Eins

Freitag, 14. Dezember

Es war der Geruch. Stella empfand es immer wieder: Irland konnte man riechen. Schon Dublin Airport roch anders als jeder Flughafen der Welt. Sie selber roch aber auch anders. Ihrem Gepäck entstieg der Geruch von Würze und Wald. Sie hatte einen in Netz und Packpapier eingewickelten Weihnachtsbaum als Sperrgepäck aufgegeben, es war gut, eine Mutter zu haben, die bei der Airline arbeitete.

»Madel, hat's keine Bäume in Irland?«, fragte der Mann am Counter in München.

Inzwischen schon, aber eine Münchner Familie, die in Irland lebte, musste einen urdeutschen Baum haben, den Stella jedes Jahr, seit sie nun in München studierte, mitbrachte. Immergrüne Nadelbäume kamen an Weihnachten in Irland erst seit Queen Victorias Zeit zum Einsatz. Die Iren hatten früher Stechpalmen und Efeu als Dekoration verwendet. Manche taten das noch heute. Stellas Familie pflegte einen munteren Mix an Weihnachtbräuchen aus der alten und neuen Heimat. Stella würde wie jedes Jahr mit ihrer Schwester den traditionellen Stechpalmenkranz basteln, mit vielen Beeren, je mehr daran hingen, desto mehr Glück würde das neue Jahr bringen.

Stella zuckelte mit ihrem Gepäckwagen durch die Halle, die Geschäfte hatten schon ein weihnachtliches Gewand angelegt. Lichterketten, Sterne, vor einem Laden hockte ein gewaltiges Plüschrentier. *Driving home for Christmas*, schallte aus einem Lautsprecher. Stellas Gefühle waren gemischt, sie freute sich, alle wiederzusehen, und wusste auch, dass dieses »alle« über einen längeren Zeitraum nicht aufrechtzuerhalten war. Und doch würde sie bis zum 27. Dezember hier sein, vor allem wegen des St. Stephen's Day, dem 26. Dezember – denn da war das Rennen! Ein Pferderennen am Strand, das sicher wieder ein großes Familienfest werden würde.

Sie verfrachtete ihren Wagen in einen Aufzug, parkte ihn dann in einem Gang und traf ihre Mutter im Büro. Eine eher linkische Umarmung folgte.

»Stella, du bist so blass und so dünn!«

»Mum, es ist Winter. Ich studiere, die haben keine Höhensonne in Hörsälen!«

»Aber eine Mensa. Isst du denn gar nichts?«

»Doch, jede Menge.«

Was nicht so ganz stimmte. Stella vergaß das Essen öfter mal, wenn sie allerdings zuschlug, konnte sie gute Portionen verdrücken, sie neigte einfach nicht zum Zunehmen.

»Müssen wir dich an Weihnachten etwas rausfüttern«, meinte ihre Mutter, und dann kam ein Anruf. Sie ging zum

Telefon, unterbrach das Gespräch kurz, drückte Stella den Autoschlüssel in die Hand und flüsterte wie immer die eindrückliche Warnung, das Linksfahren zu beachten. Das kam so sicher wie das Amen in der Kirche, in die Stella nur selten ging. Und wie immer musste Mum weitertelefonieren, war auf dem Weg in ein Meeting.

»Stella, Herz, am Abend dann alles Weitere!« Sie winkte Stella zu und sie damit auch hinaus.

Seit Stella in München studierte, liefen die Treffen am Airport immer gleich ab. Ihre Mutter war stets *busy*, immer perfekt gestylt und auf Absätzen unterwegs, mit denen sich Stella den Knöchel gebrochen hätte. Aber sie war eben auch der Familientrampel, nach wem sie eigentlich kam, konnte auch mehrere Generationen zurück in der Familie nicht festgemacht werden. Als Teenager hatte Stella öfter mal gedacht, sie wäre adoptiert. Was definitiv nicht stimmte, dazu war die Ähnlichkeit zu ihrem Vater zu groß. Die schmale Gestalt, die blasse Haut, das dunkle Haar, die dunklen Augen, die ihn und seine Tochter immer etwas melancholisch aussehen ließen. Luna kam nach ihrer Mutter. Blond, blauäugig, üppiger in Optik und Auftreten. Luna studierte in London Mode, machte gerade ein Praktikum in Vancouver, Luna war mit fünfundzwanzig Jahren schon eine Kosmopolitin. Stella blieb der Trampel, ihre große Schwester, die nur knapp zwei Jahre älter war, hatte den falschen Namen bekommen: Luna hätte Stella heißen müssen, der Stern, der Star. Die Eltern hatten sich vertan bei der Namensgebung, sie, Stella, war viel eher der bleiche Mond …

Mit Mums kleinem Renault SUV verließ Stella das Parkhaus – Mum würde auf Luna warten, die am späten Nachmittag einzuschweben gedachte. Sie würden Pa treffen, der gerade einen Termin in der Stadt absolvierte, und Stella kam dafür wieder in die Innenstadt zurück. Es war Familientradition, die Weihnachtszeit Mitte Dezember in der George's Street Arcade zu beginnen. Ein viktorianisches Shoppingcenter, das alljährlich in weihnachtlichem Glanz ertrank. Sie genehmigten sich dort in der Market Bar alljährlich den »Wir-läuten-Weihnachten-ein«-Drink. Mum und Luna ein Glas Champagner, sie ein Glas Weißwein und Pa ein Guinness.

Stella fuhr auf die Eins und nordwärts, durch unschöne Vororte; Dublin, die *dirty old town*, war keine Schicki-Metropole. Immer wenn sie direkt aus München angeflogen kam, wurde ihr das noch viel deutlicher: die Bayernhauptstadt so adrett, Dublin so kantig. Und wie immer verließ sie die Eins und bog auf die R128 durch Lusk ab. Es war eklatant, dass der Speckgürtel von Dublin immer fetter wurde. Früher hatten die begüterten Leute auf der Halbinsel Howth gewohnt, und viel gediegenes alteingesessenes Volk lebte da immer noch in großen Villen. Aber Lusk und Rush zogen die Menschen aus der Hauptstadt an, zu Recht, zu schön waren die Strände. Der Speckgürtel von Dublin wurde immer fetter.

Zu Beginn, als ihre Eltern die Mädchen quasi entführt hatten, Stella war dreizehn, Luna fünfzehn gewesen, hatte sich Stella schwergetan. Was sie dann aber für ihre neue Heimat eingenommen hatte, waren all diese Geschichten gewesen, die imposanten Monumente, die mystischen Orte, die von der naturgewaltigen und rätselhaften Kultur der Bronzezeit und der Kelten lebten. Die Wurzeln wirkten so mächtig aus der Vergangenheit in die Gegenwart hinein, und Stella war ziemlich empfänglich für Schwingungen. Selbst gänzlich rationale Menschen wie ihre Eltern erlagen dem Zauber solcher Orte. Ihr neuer Wohnort Skerries lag nicht weit weg von den größten Attraktionen des Landes: Monasterboice mit dem schönsten Hochkreuz der Insel und Newgrange. Als sie zum ersten Mal dort gewesen waren, hatten sie nach Erwerb der Tickets zwei Stunden auf den Einlass warten müssen. Ihr Vater Thomas war nahe dran aufzugeben, er maulte und zeterte, die Mutter Anita hielt ihn unter Kontrolle, und schließlich konnten sie die Anlage betreten. Das megalithische Ganggrab, fünfhundert Jahre älter als die Pyramiden, tausend Jahre älter als Stonehenge. Die Menhire außen herum, die wie Wächter die Welt der Toten abzuschirmen schienen. Am kürzesten Tag des Jahres und zwei Tage davor und danach fiel ein Lichtspot durch die Roof Box und erhellte die hintere Grabkammer. Vater hatte geschwiegen und dann etwas Physikalisches gemurmelt. Stella war wie verzaubert, und in diesem Moment spürte sie eine Verbindung zu ihrer neuen Heimat, so zart, dass sie sie in ihrer Zartheit erschütterte. Stella hatte Newgrange noch viele Male besucht, der Vater einer Mitschülerin arbeitete bei Heritage Ireland. Sie war ganz alleine, und die Mauern raunten ihr etwas zu. Stella liebte die Geschichte, dass die DeLorean-Autofabrik hatte schließen müssen, weil man für ihren Bau einen Feenbaum gefällt hatte! Stellas Welt war voller Elfen, Feen und dem *waterhorse*, das sie ab und zu aus den Wellen auftauchen sah.

Stella hielt den Wagen an, stieg aus und ging in Lusk an den Strand hinunter. Es roch nach Salz, nach Algen, von irgendwoher wehte ein Hauch von Fish and Chips heran, und da war noch etwas, das Stellas Herz hüpfen ließ. Am Strand lagen Pferdeäpfel. Sie würde endlich wieder am Strand galoppieren können, schwerelos, zeitenlos, frei. Diese Freiheit war das, was sie im Studium in München am meisten vermisste. Sie hatte zu Beginn mal eine Reitstunde in der Universitätsreitschule gebucht, Pferdepo an Pferdepo, im Café feixende Zuschauer. Selten war sich Stella so gefangen vorgekommen. Und auch die Pferde in der Klinik, die dann manchmal draußen in kleinen Paddocks etwas Luft schnuppern konnten, erbarmten sie. Sie hatten nie den Strand von Skerries gesehen und waren nie mit ihren Hufen darüber geflogen. Es ging ein scharfer Wind, der Wolken über den Himmel jagte. Ab und zu schaffte es ein Sonnenstrahl hindurch und kitzelte eine Muschel im Sand. Irisches Wetter, alle Wetter an einem Tag. Es war Dezember, ihr deutsch-irisches Weihnachten stand vor der Tür, deshalb kam Stella jedes Jahr heim. Und vor allem wegen Puzzle.

Als Stella mit dreizehn in die neue Schule gekommen war, hatte sie erstmals eine Schuluniform tragen müssen. Vom altehrwürdigen gutbürgerlichen städtischen Münchner Theodolinden-Gymnasium in die Welt eines irischen College in Skerries geworfen zu werden war hart. Ihr Englisch war furchtbar gewesen. Die Lehrer hatten zwar immer versucht, sie aufzubauen und zu fördern, doch waren die ersten zwei Jahre hart. Was Stella dann gerettet hatte, waren zwei neue Freundinnen, die ihre Pferdebegeisterung teilten. Sie hatten Stella mitgenommen zu Darragh, einem brummigen Farmer, der einige eigene Pferde hielt und bei dem reiche Dubliner ihre Pferde untergestellt hatten, die nur am Wochenende zum Reiten kamen. Erin, eine ihrer beiden neuen Freundinnen, zwei Jahre älter als Stella, hatte eine Reitbeteiligung an einem Connemara-Wallach namens Luke. Stella und Zoe misteten Ställe aus und durften dafür die Pferde von Darragh reiten. Sie waren entzückt, als zwei junge Stuten auf dem Hof auftauchten. Darragh hatte sie durch irgendwelche dubiosen Geschäfte von einem Nachbarn bekommen, eine Tinkerstute und eine Connemara-Stute, die Rihany hieß. Der Tinker hatte noch keinen Namen, aber für die Mädchen war klar: Das schwarz-weiß gescheckte Pferdchen konnte nur Puzzle heißen, denn seine Fleckung sah genauso aus wie ein Puzzlespiel. Die beiden Stuten waren erst vierjährig und kaum ausgebildet. Für Stella und Zoe waren das immer ihre Pferde gewesen, sie lehrten die Ponys springen, sie hatten mit zwei Stallbesen und einem Fußball Polo gespielt und endlose Sommer am Strand verbracht. Die Pferde hatten stacheliges Gras gezupft, die Mädchen Wolkenbilder geraten und eine Zukunft erträumt.

Erin hatte immer Lehrerin werden wollen, Stella und Zoe Tierärztinnen. In Zoes Fall zerplatzte der Traum an schlechten Schulnoten und der Tatsache, dass ihre Mutter starb, sie auf zwei kleine Brüder aufpassen musste und schließlich den Pub der Mutter übernahm. Stellas Noten waren immer gut gewesen, ohne dass sie sich sonderlich anstrengte, und dann bekam sie sogar einen ersehnten Studienplatz in München. Zwei Dinge ließen sie zögern: Zoe und Puzzle. Ihre Eltern und ihre Schwester zu verlassen fiel ihr deutlich leichter. Aber Zoe schien mit ihrem Leben zufrieden zu sein, und in Alex hatte sie einen unerschütterlichen Freund und späteren Mann gefunden. Und Puzzle konnte Stella besuchen, im Sommer und jedes Jahr an Weihnachten. Wenn die Bauers zusammenkamen: Anita, Thomas, Stella und Luna.

Stella ging zum Auto zurück, außer einer Frau mit einem großen Mischlingshund war kein beseeltes Wesen unterwegs. Sie fuhr die letzten Kilometer nach Skerries und überlegte, ob sie gleich bei Zoe vorbeischauen sollte. Aber sie zog es vor, erst nach Hause zu kutschieren. War das Cottage ihrer Eltern ihr Zuhause oder doch eher ihre Souterrainwohnung in Omas altem Haus in Harlaching?

Als das Haus in München verkauft wurde, behielt Stellas Familie eine der Wohnungen. Die quadratische Villa von 1890 verfügte über eine Wohnung im Hochparterre, eine im ersten Stock und im großen Speicher. Und eine Gesindewohnung, die nicht so richtig *sous-terrain* war, eher im Erdgeschoss, ein bisschen in den Boden versenkt. Ihre Mutter hatte die Wohnung nicht aus der Verkaufsmasse genommen, weil eine der Töchter mal hätte studieren können, sondern weil sie sich ein Schlupfloch bewahren wollte. Stella gab sich da keiner Illusion hin. Sollten sie in Irland scheitern, hätten sie eine erste Basis gehabt, um in München wieder neu zu starten und in Ruhe etwas Bewohnbares zu suchen. Nun aber genoss Stella den Luxus einer Dreizimmerwohnung in Harlaching, während sich ihre Kommilitonen zu Fabelpreisen in winzige WG-Zimmer quetschen mussten. Ein Zimmer war Gästezimmer für Familienmitglieder. Darüber hinaus verfügte Stella über eine große Küche, ein Schlafzimmer und ein Wohnzimmer mit Tür in einen Garten, der bei den Bodenpreisen in München so wertvoll war, als würde man über Diamantsplitter wandeln. Aber das hatte Oma zur Bedingung in ihrem Testament gemacht: Hausverkauf nur, wenn der Garten niemals bebaut würde. Die Käufer, die ja nun über Stellas Kopf wandelten, waren reizend. Deren Kinder lebten nicht mehr zu Hause, und Stella betreute die vier Katzen, wenn ihre »Dosenöffner« am Gardasee Urlaub machten. Da besaßen sie eine Wohnung in Bardolino. Stella war trotz ihrer Jugend bewusst, welchen Luxus sie da pflegte. Ein Gartenidyll am Isarhochufer, während viele ihrer Kommilitonen unentwegt jobben mussten, um das Leben in München zu finanzieren.

Das Haus ihrer Familie in Skerries war auch nicht gerade klein, kein windschiefes Cottage, sondern ein zweistöckiges Haus mit einem Wintergarten, der über das Meer blickte. Ein Nebengebäude fungierte als Thomas' Büro, ein weiteres war Garage und Depot für Garten- und Sportgeräte. Rund fünftausend Quadratmeter eigener Grund umspielten das Haus, aber die Eltern hatten es nicht so mit dem grünen Daumen. Rasen plus gepflegte Wildnis lautete die Devise. Grace, eine Nachbarin, rümpfte darüber gleich zu Beginn die Nase. *The Germans are not keen on gardening.* Nein, diese Germanen arbeiteten einfach zu viel.

Stella ließ das Auto in der Einfahrt stehen, wuchtete den Christbaum aus dem Fond und legte ihn vor dem Haus ab. Sie hatte einen Schlüssel, sperrte die blau gestrichene Tür auf. Für ihre Mutter musste es eine typisch irische Tür sein. Deren royalblaue Farbe biss sich etwas mit dem eher Türkisblau der Fensterläden, das hatte *style addict* Luna immer schon bemängelt. Aus dem großen Flur trat Stella in die Küche, die in den Wintergarten überging. Das Meer war in Wallung, große Wellen schlugen an den Strand von Skerries, *ihren* Strand voller Poesie. Um die ganze Küste rankten sich Schmugglergeschichten aus dem 18. Jahrhundert, als die Engländer unerträglich hohe Zölle auf eine große Anzahl von Gütern erhoben hatten. Jack Connor, eine Art Robin Hood, war der Oberschmuggler, der von Smugglers Cave zwischen Loughshinny und Skerries aus operiert hatte. Stella hatte dort mit Zoe immer Gangsterbraut gespielt. Sie war eine Art Lady Marian gewesen. Es war immer so gewesen: In Irland lebte man mitten in Geschichte und Geschichten.

Stella ging hinauf in den ersten Stock und kam an Lunas Zimmer vorbei. Noch immer klebte ein Spruch von Oscar Wilde an der Tür. Der Dandy und Bürgerschreck, der einst am Trinity College studiert hatte, erklärte gnadenlos selbstbewusst: *I have nothing to declare but my genius.* Einen passenderen Spruch hätte Luna nicht finden können.

An Stellas Tür klebte ein verblichenes *Keep Out.* Noch immer war ihr Mädchenzimmer dekoriert mit vielen

Pferdebildern. Ihre Jugendbücher, auch Pferdeliteratur sowohl in Deutsch als auch in Englisch, standen in einem Regal, das sich gefährlich zur Seite neigte. Mum hatte ihr Bett frisch bezogen mit Rentierbettwäsche. Anita hatte trotz ihres Business-Woman-Auftretens einen Hang zu Kitsch. Die Hauptdekorationsarbeiten standen noch aus, das war die Aufgabe der Töchter.

Stella lächelte und beschloss, ein Bad zu nehmen. Denn die Badewanne in Irland war schöner als ihre in München. Diese hier stand auf gusseisernen Füßen mitten im Raum. Mum hatte schon Rentierfigürchen, die Pudelmützen trugen, auf dem Fensterbrett dekoriert. Und sie ließ es sich nicht nehmen, ihre Badezimmerteppiche den Festen anzupassen. Sie hatten eine Osteredition mit Hasen, eine Sommergarnitur mit Sonnenblumen und eine für Weihnachten – mit *Rudy, the red-nosed reindeer*. Natürlich gab es passende Handtücher. Stella schmunzelte erneut. Doch, sie war zu Hause und genoss es, allein zu sein.

Der Wind draußen frischte weiter auf. Stella zog einen Aran Sweater an, eine Wachsjacke aus dem Schrank und eine giftgrüne Mütze, die hässlich war und doch so geliebt wurde. Zoe hatte sie ihr geschenkt. Die uralten gefütterten Chelsea Boots komplettierten ein Outfit, das Luna in freundlichen Zeiten als »verwegen« bezeichnet hätte, in unfreundlicheren als »Gammelweib-Look«. Stella lief dorfeinwärts, der North Strand Road und The Hoar Rock folgend, bis in die Strand Street. Vor dem Pub lehnte eine Leiter, Alex versuchte sich gerade an Weihnachtsbeleuchtung.

»Fall nicht runter!«, brüllte Stella gegen den Wind an.

Er drehte sich um, wäre wirklich fast abgestürzt und kletterte hinunter. »Stell! Du bist schon da?«

»Ja, alles wie immer. Alles auf Anfang. Ich war kurz daheim, nun schnappe ich schnell Seeluft, bevor ich in Lunas Parfümdüfte gerate.«

Alex lachte. »Immer noch die Modeprinzessin?«

»Klar, sie war sechs Monate in Vancouver, jetzt kann man sie wahrscheinlich gar nicht mehr ertragen.«

»Ist Zoe zu Hause?«, fragte Stella.

Alex schüttelte den Kopf. »Nein, sie ist wegen einiger Einkäufe nach Drogheda gefahren. Dann verpasst ihr euch heute. Du fährst ja später in die Stadt, oder?«

»*Same procedure as every year*«, antwortete Stella und verzog das Gesicht.

»Komm, wir trinken einen Poteen«, meinte Alex und zog Stella ins Pub.

»Auf nüchternen Magen? Alex, ich sterbe.«

»Quatsch, das hat Tradition.«

»Aber bitte einen mit Etikett, nicht einen von deiner Schwarzbrenner-Familie.«

Alex stammte aus Connemara, er war wegen Zoe an die Ostküste gezogen, aber er hatte eine weitläufige Verwandtschaft, die genauso versprengt war wie Schafe über die Hänge der Maumturk Mountains. Alex zog eine Flasche aus einer der Kühlschubladen unter dem Tresen, die vergleichsweise vertrauenerweckend aussah, mit Etikett von TWC. Und das Getränk hatte demzufolge auch *nur* 61,5 Prozent.

Nach dem zweiten Glas flüchtete Stella. Zoe würde sie dann am nächsten Tag treffen.

Ihr Weg zurück wurde lang, sie traf einige Bekannte, die alle etwas über ihr Studium wissen wollten, es lag Wärme über diesem windigen Tag. Stella sah auf die Uhr. Es war zu spät geworden, um noch zu den Pferden zu gehen, sie musste den letzten Zug um 17:22 Uhr erwischen. Und ihrer Familie zu Ehren tauschte sie vorher die Jeans gegen eine schwarze Strumpfhose, zog einen grauen Cordrock an und einen schwarzen Pullover. Weil ihre Haare unter der Mütze noch feucht gewesen waren, klebten sie etwas platt am Kopf. Ein paar Luftstöße mit dem Föhn, etwas Lippenbalsam – das musste reichen. Die Wachsjacke blieb.

Der Zug ratterte durch eine beschauliche Landschaft, wo Kühe und Schafe noch immer die letzten Wiesen übersprenkelten. Dann kamen Häuser, Dublin wucherte wirklich in die Umgebung; irische Bebauungspläne – sofern es welche gab – waren keine Glanzleistung, fand Stella.

Sie stieg an der Tara Station aus und ging am Liffey entlang. Er fischelte etwas. Die Menschen hasteten vorüber wie in anderen Großstädten auch, es herrschte Vorweihnachtshektik. Doch der typische Dubliner Geruch lag in der Luft. Und der *style*. Zwei junge Frauen trugen Miniröcke, sie wurden umtanzt von drei Jungs mit sehr kurzen Haaren, den unvermeidlichen Rugbyshirts, der eine sogar in kurzer Hose, Iren hatten überhaupt kein Temperaturempfinden! Die anderen beiden hingen in verbeulten Joggingpants. Nun mochte das zurzeit ja sogar stylish sein, aber hier war es jene Optik, die die Straßen immer schon regiert hatte. Dublin war ehrlich, litt noch immer unter dem nicht mehr gutzumachenden städtebaulichen Kahlschlag der Sechzigerjahre und wieder unter Geldmangel. Selbst als Dublin 1991 Kulturhauptstadt Europas gewesen war, hatte die Stadt nur zehn Millionen – damals in D-Mark gerechnet – zur Verfügung. Das reichte gerade mal, um die Veranstaltungen zu bezahlen.

Dublin könnte immer noch Schminke vertragen, aber ebendiese Ungeschminktheit liebte Stella. Dublin hatte kein kompaktes Zentrum, Dublin war keine herausgeputzte Vorzeigemetropole, wo sich die kunsthistorischen Highlights wie Perlen aneinanderreihten. Dublin musste man sich erarbeiten, und man brauchte Fantasie, um die berühmten Dubliner zu sehen, wie sie damals über das Gelände des Trinity College schlenderten. Oscar Wilde oder Swift, der Zyniker, dessen Kinderbuch *Gullivers Reisen* eigentlich eine böse Satire auf die englischen Unterdrücker war. Als Kolumnist schlug er als Lösung der bitteren irischen Armut vor, man möge zarte irische Kinder den reichen englischen Aristokraten und Gutsbesitzern als Delikatesse vorsetzen. Die Armen könnten so die Pacht bezahlen, die Kinder fielen den Eltern und dem Staat nicht zur Last … Sie hatten in der Schule darüber gesprochen. *The great famine*, die große Hungersnot, war nun mal *das* irische Thema, das ganze Schuljahre in Geschichte beherrscht hatte. Stella hatte Albträume bekommen, in denen fette Fratzen in bukolischen Gelagen vor Kinderfleisch gesessen hatten. Sie war eine wohlbehütete Deutsche und weit weg von den irischen Familiengeschichten, die alle Hungertote und USA-Auswanderer zu bieten hatten.

Wie jedes Jahr würde Stella bei diesem Besuch einmal in die Old Library im Trinity College gehen und sich anstellen, um einen Blick auf das Book of Kells zu erhaschen, diese visuelle Datenbank allen Wissens der damaligen Zeit. Stella stellte sich die Mönche vor, die mit dem wertvollen Buch von der Hebrideninsel Iona vor den plündernden, mordenden Wikingern ins irische Kells geflüchtet waren – eine Triebfeder im Herzen: das Buch unter allen Umständen zu retten. Das Book of Kells war das Heidnischste, was die katholische Kirche je hervorgebracht hat. Katzensymbole, Dämonen und Fratzen verteidigten die erotische, sinnliche Welt der Kelten gegen die geradlinige, autoritäre katholische Kirche.

Stellas Lehrerin Sinead, die auch noch ein bisschen wie Sinead O'Connor ausgesehen hatte, hatte immer gehofft, Stella würde Schriftstellerin werden, zumindest Journalistin, aber Stella hatte zu wenig Zutrauen in ihre schreiberischen Qualitäten gehabt. Fantasie zu haben war das eine, aber die Vorstellungen in Worte umzusetzen traute sie sich nicht zu. Natürlich, sie hatte immer einmal Gedichte geschrieben und diese peinlich berührt verborgen. Es war gar nicht so leicht, mit all den Bildern zu leben, und seltsamerweise gelang ihr das im Tiermedizin-Studium recht gut. Man sah Blut und Verderbnis, aber damit konnte sie umgehen. Das war konkret. Stella hatte mehr Probleme mit Dingen, die auf einer Ebene passierten, die anderen verborgen blieb.

Stella hatte ihr Ziel erreicht. *Last Christmas* vermischte sich mit *The Power of Love*, Lichtergirlanden überspannten die Arkaden. Es roch nach Zimt, und aus einem Shop für Kosmetik wogten Vanille und Moschus, aus der Bäckerei etwas

Kuchiges – die Gerüche des Winters. Stella schob sich durch die Menschenmenge, sah sich suchend um und erspähte ihre Familie an einem Tisch. Mum winkte. Luna saß neben ihr, sie hatte ihr dickes, glattes blondes Haar schulterlang abschneiden lassen und trug einen schrägen Pony. Graublauer Lidschatten lag über ihren Augen. Sie folgte Mums Blick, winkte auch. Etwas lasch vielleicht, wie Stella fand. Ihr Pa, der mit dem Rücken zu ihr gesessen hatte, stand auf und kam ihr ein paar Schritte entgegen. Er strahlte, drückte sie, was bei ihm nie besonders kräftig war.

»Stella, Sternchen, ich freu mich so. Meine kleine Münchnerin!«

Ihr Vater wirkte immer etwas abwesend, Stella begriff bis heute nicht ganz, was er eigentlich beruflich machte. Irgendetwas mit IT, er konnte Netzwerke wieder zum Laufen bringen, er war ein moderner Magier, ein Druide, den Firmen riefen, wenn bei ihnen nichts mehr ging. Und dann hackte ihr Vater in die Tasten, er flog darüber, er redete merkwürdige Worte, er erklärte seinen Kunden eine Welt, die nur die seine war. Seine Kunden nickten dann alle artig und dankten ihm frenetisch, weil er den Totalabsturz abgewendet hatte.

Mum stand auf, es gab zwei Küsschen auf die Wange, Luna hatte sich auch erhoben. Sie trug eine Marlenehose mit einem extrem breiten Bund und ein Shirt, das weich floss und doch ihre Brüste in Szene setzte. Was drei Jungs am Nachbartisch auch aufgefallen zu sein schien.

»Stell, hast du die Jacke immer noch nicht weggeworfen?«

»Ich freu mich auch, dich zu sehen.«

»Stell, sei nicht immer so mimosenhaft.« Luna betrachtete ihre kleine Schwester genau. »Du siehst aus wie eine Elfe in einem fettigen Regenmantel, du bist so schön, beton das doch!«

»Dafür haben wir ja dich, fürs Betonen«, sagte Stella und umarmte ihre Schwester. Es war, wie es eben war.

Die Getränkeregel wurde eingehalten und Stellas Chardonnay sofort kommentiert.

»In Vancouver sagen sie ja ABC.«

Stella wollte ihrer Schwester den Triumph gönnen und wartete.

»*All but Chardonnay*«, kicherte die. »Es gibt doch wirklich bessere Sorten.«

»Mir schmeckt er.«

»Genau«, sagte Thomas. »Und mir schmeckt das Guinness. Cheers, Prost, Sláinte!«

Sie hoben die Gläser, bestellten ein paar Kleinigkeiten, eine Art Meze-Teller und hörten Luna zu, die von Vancouver erzählte, wo sie eine Modenschau oben auf dem Grouse Mountain inszeniert hatte, dem Hausberg der schönen Stadt am Pazifik. Sie zeigte dort ihre Shirt-Kollektion und hatte einen kanadischen Nachwuchsdesign-Preis dafür erhalten. Darauf gab es eine zweite Runde. Thomas fragte immer wieder nach Stellas Studium, aber Luna gelang es, auch aus einem Wortfetzen das Gespräch wieder auf Vancouver zu lenken. Sie machte das nicht aus Böswilligkeit, sie sah sich einfach als Zentrum eines wichtigen Universums. Stella hatte eigentlich resigniert. Als Luna und Mum dann zum Shoppen loszogen, blieben sie und ihr Vater sitzen. Sie waren sich nahe, weil sie beide zu viel Nähe gerne vermieden.

»Hast du Zoe schon getroffen«, fragte ihr Vater gerade.

»Nur Alex. Zoe war in Drogheda.«

»Sie machen das gut, mit dem Pub, diese beiden.«

Das stimmte wohl, wobei Stella immer mal wieder fand, Zoe hätte mehr aus sich machen können. Sie hatte so ein grandioses Händchen für Tiere. Weit mehr als Stella selbst.

»Ja, ich denke schon. Es ist nur …«

Ihr Vater lachte. »Solche Gedanken sollte ich eigentlich haben. Sie hätte mehr aus ihrem Leben machen müssen. Das ist *adult talk,* also nicht, dass du nicht erwachsen wärst.« Er lächelte seine Tochter voller Liebe an.

»Ich bin eben eine Spießerin«, sagte Stella.

»Nein, du bist nur sehr klar in dem, was du tust.«

Ob das so stimmte? Stella hatte immer den Eindruck, sie sei anfechtbar durch Schwingungen und Stimmungen, andererseits lernte sie immer schon sehr leicht, aber auch sehr planmäßig. Das kam ihr im Studium zugute. Sie war bislang nie gestrauchelt.

»Und du warst noch nicht bei den Pferden?«

»Nein, zu wenig Zeit, alles dann morgen.«

Sie saßen da und nippten an den Getränken. Stella tauchte ein Stückchen Weißbrot in Hummus. Es war gut, mit ihrem Vater so zu sitzen, mit ihm konnte man schweigen. Schließlich kamen Mum und Luna zurück, Anita hatte eine zerrissene Jeans gekauft und einen schreiend bunten Schal.

»*Nice!*«, sagte Luna. »Oder, Pa?«

»Da kann jemand nicht in Würde altern«, antwortete der überraschenderweise.

Stella zuckte innerlich zusammen. Es hatte vielleicht witzig klingen sollen, aber da war ein Tremolo in seiner Stimme gewesen. Mum überging die Szene, bestellte sich noch einen Champagner, und Luna plapperte irgendwas. Stella vermied es, ihren Vater anzusehen.

Zwei

Samstag, 15. Dezember

Stella schlief bis halb zehn, Mum war längst weg, Flughäfen mussten eben auch an Wochenenden betreut werden. Luna war sicher noch nicht wach, und Pa sollte man nicht stören, wenn er in seinem PC-gespickten Kabuff hockte. In der Kanne befand sich Kaffee, guter deutscher Filterkaffee, keine Instantplörre. Das irische Teetrinken hatten sie sich für die Nachmittage angewöhnt, in der Frühe musste es Kaffee sein. Stella zog sich an, der Wind war abgeflaut, es war etwa acht Grad, und der Himmel malte in Blautönen. Perfektes Wetter für den Stall. Stella zog ihr altes Mountainbike aus dem Schuppen, pumpte etwas Luft hinein und radelte los. Sie passierte Ardgillan Castle und überlegte, dass sie, würde sie je heiraten, das hier tun wollte. Im Schloss hatte sie zwei Jahre lang ihren Traumjob gehabt: Stella machte Schlossführungen für deutsche Besucher. Sie bog in die Darcytown Road ein, ihr Herz hüpfte.

Nach fünf Minuten war die Farm in Sicht. Darragh hatte vor drei Jahren neue Paddockboxen gebaut, zehn an der Zahl, alle bestückt mit Pferden, die Leuten aus Dublin gehörten. Einige Pferde kannte Stella noch aus dem Sommer, aber die Fluktuation war hoch, Reiterladys waren eine komplizierte Spezies, und Pferdebesitzer – meist -innen – taten den Tieren vieles an, oft aus Unwissen oder Ignoranz. Häufige Stallwechsel waren Stress pur! Ständig änderten sich die Gruppenzusammenstellungen, ständig gab es Rangordnungskämpfe.

»Auch wenn das jetzt vermenschlicht ist, sollte man darüber mal nachdenken. Ich gehe in ein Dorf, hol ein Kind aus einer Familie, geh ins nächste Dorf und geb es in eine andere Familie. Würde das jemand tun?« Das war ein Vergleich, den Stella gerne verwendete. Das Wohlergehen von Pferden, eine artgerechte Haltung, das lag ihr am Herzen, und in dem Themenkreis plante sie auch ihre Doktorarbeit. »Ständige Stallwechsel sind wie Sitzenbleiben und in einer neuen Klasse landen, aber das passiert einem Menschen meist nur einmal im Schulleben, viele Pferde ziehen hingegen jedes halbe Jahr um«, setzte sie in Diskussionen dann noch einen drauf. Sie galt als radikal unter ihren Kommilitonen. Ihr guter Freund und Mitstudent Finn meinte immer, dass man nun mal Kompromisse machen und gelegentlich eine Kröte schlucken müsse.

Darraghs eigene Pferde hatten ein großes Zelt, das halbmondförmig aus dem Boden wuchs und Puzzle, Rihany, den Shettys Jimmy und Jonny sowie dem großen irischen Hunter Cassidy, der Darraghs Tochter Marcy gehörte, genug Platz bot. Das Zelt stand mittig auf einer Wiese, und da waren Cassidy, der in der Sonne chillte, und die Ponys, die eifrig Gras zupften. Ponys fraßen immer, nur Großpferde standen auch mal im Grün, ohne wie ein Rasenroboter über die Halme zu ziehen.

Aber wo waren Puzzle und Rihany? Nicht im Zelt, nicht auf der Weide. Stella ging zum Hauptstall zurück, sah aber keine Menschenseele. Sie klopfte an die Tür des Cottages, keine Reaktion. Aber der Jeep von Evie, Darraghs Frau, war nicht da und Darraghs Traktor auch nicht. Hatte er die Pferde auf der Elfenweide? Darragh besaß noch einen kleinen, verfallenen Hof jenseits der M 1, schon im County Meath, und dorthin schaffte er manchmal Schafe und Pferde zum Abweiden.

Die Elfenweide war auch ein Zauberplatz ihrer Jugendzeit. Dort gab es, ziemlich versteckt durch überwucherte Mauern und einen Eichenhain, einen Steinkreis. Dorthin führten sogar einmal Schilder, aber Darragh hatte sie immer wieder entfernt.

»Müssen ja nicht noch mehr Touristen auf meinem Grund rumlaufen«, fand er. »Es gibt genug Steinkreise für die dämlichen Wanderer.« Dass er selbst ein Bed & Breakfast besaß und die dämlichen Wanderer früher reichlich irische Pfund und dann Euro bei ihm abgaben, das ignorierte er geflissentlich. Wobei er recht hatte: Steinkreise gab es zweifellos viele, und der auf der Elfenweide war eben deshalb so speziell, weil er sich im Privatbesitz befand und damit quasi den Mädchen *gehörte*.

Und er war magisch, weil dort auch noch eine Quelle

entsprang. Sie hatten ihre eigene *wishing well.* Sie tranken daraus und wünschten sich ein Leben mit schönen Männern, schönen Häusern, braven Kindern, Hunden und vielen Pferden. Sie verkleideten die Pferde als *kelpies* in prachtvoller Zäumung und spielten, dass diese Wassergeister, Wesen in Gestalt von Pferden mit einem Fischschwanz, ahnungslose Wanderer entführten, die glaubten, ein Pferd als Transporttier entdeckt zu haben. In den Eichen wohnten Geister, die Wurzeln der Bäume bildeten den Übergang in die *otherworld.*

Stella konnte völlig aufgehen in solchen Geschichten, Zoe wurde es meist zu bunt, und Erin fand das alles kindisch. Und einmal, in der Dämmerung, sahen sie mitten im Steinkreis ein Licht, es war sphärisch, es malte Schlieren, ein Licht, das tanzte und das sie alle noch nie gesehen hatten. In der Luft lag ein kaum wahrnehmbarer zarter Klang. Etwas im Kreis bewegte sich. Stella war sich sicher, dass es Elfen und Kobolde sein mussten. Erin sprang auf, schrie etwas, Zoe bekam keinen Ton mehr heraus. Was für Stella ein Bild war, in das sie eintauchen konnte, hatte die anderen beiden zutiefst verstört. Zoe und Erin wollten fortan nicht mehr zur Weide gehen, zur Elfenzauberweide.

Stella sah sich etwas ratlos um, eigentlich glaubte sie nicht, dass die Pferde dort weideten. So spät im Jahr würde Darragh sie doch nicht dorthin gebracht haben.

In dem Moment kamen zwei Hunde auf Stella zugerannt. Der eine mit der Eleganz einer Gazelle, der andere hüpfend wie ein Flummi. Conan, der Irish Wolf, und Betty, ein Jack Russell. Von Betty angesprungen zu werden war okay, wenn aber Conan seine langen Krakenbeine auf ihre Schultern stellte, war er größer als Stella. Und dann dieser Blick, Conan besaß die seelenvollsten Augen, die Stella je gesehen hatte. Augen wie eine tiefe Quelle. Hinter den Hunden kam schließlich Darragh mit dem Traktor angescheppert, hielt an und kletterte heraus.

»Stell, wieder im Lande?«

»Darragh, hi, ja klar, Weihnachten. Ich bin seit gestern da. Wenn ich nicht Mitte Dezember auf der Matte stehe, ist Familienkrise.«

»So wird es sein.« Er schickte sich an, Richtung Stall zu gehen.

»Darragh, wo sind die Pferde?«

»Auf der Weide.« Er machte eine unbestimmte Handbewegung.

»Ich meine Puzzle und Rihany!«

Er gab ihr keine Antwort und stapfte los.

»Darragh!«

Er ging einfach weiter. Stellas Herz begann zu pochen, in einem unruhigen Takt. Dann rannte sie los, umrundete ihn und baute sich vor ihm auf.

»Halt! Warte! Wo sind die Pferde?«

»Weg.«

»Wie weg?«

Es war eine jähe Übelkeit, die aus ihrem Magen kam, der Kaffee auf nüchternen Magen stieß ihr bitter auf.

»Weg eben.«

»Was heißt das?« Stellas Stimme überschlug sich.

»Sie sind weg. Geh mir aus dem Weg!« Seine rote Nase, die immer etwas abblätterte, wurde noch röter, das Gespinst von Äderchen auf den Wangen nahm einen Lilastich an. Die Zornesfalte unter der Schiebermütze wurde tief wie ein Graben.

»Du sagst mir jetzt, was du mit Puzzle gemacht hast! Verkauft? An wen?«

»Die naive Stella lebt im schicken München, hat reiche deutsche Eltern. Ja, was glaubst du, du verzogenes Gör? Verkauft? Du bist ja lustig! In Irland kauft keiner mehr Pferde.« In seiner Stimme lagen Zynismus und Abscheu.

Er schob Stella zur Seite, drehte auf dem Absatz um und ging zurück zum Traktor. Warf ihn an, donnerte vom Hof, nahm fast den Jeep von Evie mit, der soeben die Zufahrt entlangfuhr. Die Hunde liefen zu ihrem Frauchen, die Conan kurz den Kopf tätschelte und die beiden Hunde dann zu ihrem Platz, einem großen Korb vor dem Haus, schickte. Betty pflegte dann immer zwischen Conans Vorderpfoten zu liegen. Und er hatte ein Kopfkissen.

Evie stoppte vor Stella und stieg aus. Stella konnte die Tränen nicht mehr aufhalten, in ihrem Inneren explodierten immer mehr fiese Feuerwerkskörper.

»Ach, Mädchen.«

»Evie, was ist hier los? Was ist mit den Pferden? Sind sie tot?«

Evie schwieg.

»Evie! Sind sie tot?«

»Ich glaube nicht.«

Sie glaubte nicht?

»Stell, komm mit ins Haus. Ich mach uns einen Tee. Nimmst du eine der Tüten?«

Mechanisch griff Stella zu, ging hinter Evie her, hinein in

die Küche, die immer schäbig gewesen war und heute besonders trostlos wirkte. Evie hantierte mit den Tüten, stellte sie in die Speisekammer, setzte einen Teekessel auf, der bald pfiff. Stella kannte niemanden sonst, der einen verbeulten Teekessel hatte. Sie fühlte sich auf einmal völlig erschöpft, es war, als wäre alles Leben aus ihr gewichen. Tee stand vor ihr, brauner Zucker und Rahm, und mechanisch bereitete sie eine süße Mischung zu. Das Schweigen machte den Raum noch düsterer.

»Stella, ich weiß nicht, wo die Pferde sind. Er hat sie weggebracht.«

»Weggebracht? Also doch verkauft?«

»Kind, nein, hier kauft keiner mehr Pferde und schon gar keine alten Pferde.«

Stella rechnete. Die Stuten waren vierzehn oder fünfzehn. Das war doch nicht alt!

»Hat er, hat er …« Sie zum Schlachter gebracht, das konnte Stella nicht aussprechen.

»Nein, sie sind einfach weg.«

»Evie, wie können sie einfach weg sein?«, fragte Stella und begann zu ahnen, dass alles noch viel schlimmer war.

Evie zuckte mit den Schultern. »Das Geld ist knapp. Sehr knapp.«

»Aber ihr habt die Einsteller. Das Bed & Breakfast!«

»Stell, die Energiekosten sind gewaltig gestiegen, wir mussten Heu zukaufen. Die Einsteller zahlen nicht regelmäßig, bis du aber säumige Zahler rausgeklagt hast, dauert das. Wir können denen die Pferde ja nicht in Dublin im Vorgarten anbinden. Obwohl das vielleicht helfen würde. Und das B & B? Wenn du Waschen, Putzen und das Frühstück rechnest und die Steuern auch noch abziehst, bleibt da wenig hängen.«

»Und da hat er die Pferde einfach mal entsorgt?« Stella schrie plötzlich. Sie schrie eine Verzweiflung heraus, die so unerträglich war wie noch nichts vorher in ihrem behüteten Leben.

»Deine Mutter verdient viel Geld bei der Airline, dein Vater auch mit den Computern. Du hast ein Haus in München, deine Schwester macht auf *fashion*. Ihr habt doch keine Ahnung, wie die Welt hier draußen wirklich aussieht.« Evie war nun auch lauter geworden.

Stella besaß kein Haus, und wie viel ihre Eltern verdienten, wusste sie nicht. Sie hatte jedenfalls kein eigenes Pferd bekommen. Sie fand sich nie besonders verwöhnt, und ja, die Wohnung in München war ein Glücksfall, aber den hatte sie wohl mehr ihrer Oma zu verdanken.

Stella stand auf. »Wo? Wo hat er sie hingebracht?«

»Das weiß ich wirklich nicht. Weiter weg, denke ich, aber ich weiß es nicht.«

»Was seid ihr für Menschen? Wie konntet ihr so was tun!« Die Tränen brachen nun wieder hervor.

»Die kommen schon zurecht«, sagte Evie lahm. »Ist wohl besser, du gehst jetzt.«

»Evie, du, du bist doch nicht so. Und was sagt Marcy dazu? Cassidy ist noch da!«

»Die Ponys brauchen wir für die Gäste, und Cassidy, der muss wegen Marcy hierbleiben. Das war ihre Bedingung.«

»Marcy wusste, dass ihr die Pferde ausgesetzt habt?«

Evie zuckte mit den Schultern. »Geh jetzt, Stell.« Sie selbst verließ die Küche, verschwand durch den Gang.

Stella stieg auf ihr Fahrrad, die Tränen rannen und rannen, der Fahrtwind trocknete sie, aber es gab weiter Nachschub. Je länger sie radelte, desto schlimmer wurde es. Die ganze Wahrheit schlug wie ein Eisenhammer auf sie ein und zerschmetterte die letzte Hoffnung.

Darragh hatte das getan, was viele Iren taten: überflüssige Pferde auf gut Irisch entsorgt. Die Wirtschaftskrise hatte Irland hart getroffen, und aller unnötiger Ballast musste weg. Pferde gehören dazu, sie werden ausgesetzt! Pferde, die einst dem Anwalt, der Schülerin, dem Züchter, dem Farmer, der Lehrerin gehörten – die sie allesamt nicht mehr finanzieren konnten und wollten. Stellas Familie war 2008 nach Irland gekommen, natürlich gab es da schon Anzeichen, dass das Land wirtschaftlich ins Trudeln geraten war. Aber das merkte Stella erst später; damals, mit dreizehn, hatte sie andere Probleme. Neue Schule, neue Sprache. Sie wusste, dass man seit 2009 offiziell von Rezession gesprochen hatte, dass im Land Menschen ihre Jobs verloren, dass Häuser an die Banken gingen, die vorher in der Goldgräberstimmung um die Jahrtausendwende sittenwidrige Finanzierungen angeboten hatten. Aber das alles war für Stella ziemlich abstrakt gewesen.

Stella erreichte den Pub, die Girlande hing, an der Fassade kletterte ein Santa hoch. Zoe und Alex öffneten um elf, ein Lieferwagen stand vor der Tür, es war ein normaler Tag kurz vor Weihnachten – und doch so unwirklich wie kaum ein Tag zuvor. Zoe putzte Gläser, hielt sie gegen das Licht und erspähte Stella. Sie kam hinter dem Tresen hervor, in der Mitte des Raums umarmten sie sich. Zoe roch nach einem ziemlich scheußlichen süßlichen Parfüm, aber es musste ihr ja gefallen. Und Alex.

»Alex hat mir schon erzählt, dass du gestern angekommen bist. Mensch, ja, schade, dass ich nicht da war.«

»Jetzt bist du ja hier.«

»Wie war es in der Stadt? Ist Luna auch schon gelandet? Modisch wie eh und je?«

»Schlimmer.«

Was wurde das hier? Die Meisterschaft im Small Talk?

»Und München, erzähl! Warte, ich mach dir erst mal 'nen Kaffee!«

Sie verschwand hinterm Tresen und kam mit zwei Tassen zurück.

»Mit Milch, kein Zucker.«

»Hmm.«

»München?«

»Ja, alles klar. Ich hatte ein paar Prüfungen, die gut gelaufen sind. Ich war jetzt länger in der Pferdepraxis. Was Pferde so alles an Krankheiten kriegen können! Oft auch bedingt durch Haltungsfehler.«

Das war eine Steilvorlage, die Zoe hätte nutzen können. Was sie aber nicht tat. Zoe, die Plaudertasche! Zoe, mit der Stella in Jugendtagen stundenlang telefoniert hatte, mit der sie immer mal whats-appte, mit der sie mailte und mit der sie skypte. Diese Zoe stellte auf Minimalkonversation um. Da brach es aus Stella heraus: »Zoe, was soll der Scheiß? Sind wir Freundinnen, oder was? Hast du es gewusst, Zoe? Natürlich hast du es gewusst, sonst müsstest du jetzt nicht so albern rumdrucksen!«

»Ach, Stella! Ich weiß es auch erst seit ein paar Tagen, das musst du mir glauben. Ich war lange nicht mehr im Stall.«

»Wie lange?«

»Zwei Monate bestimmt.«

Zwei Monate? Zoe, die den Wind um die Nase brauchte wie Sauerstoff. Die ohne Pferdegeruch einging wie eine Blume ohne Wasser. Die trotz des Pubs mehrfach in der Woche reiten ging, weil das ihr Ausgleich war zum *Soup-of-the-Day*-Kochen, zu den Sandwiches und zu Gästen, die an der Theke klebten wie Gummi und anscheinend gar kein Zuhause hatten. Wie die alten Männer, Ben, Alfie und Paddy, deren Treffen immer gleich abliefen. Ben und Alfie saßen am Tresen und schwiegen sich an. Länger als eine Stunde. Dann kam Paddy. Alfie fuhr hoch. »*Paddy, we were just talking about you.*« Dann schwiegen sie zu dritt und hatten viel Sitzfleisch. Meist fiel Ben dann vom Stuhl. Sein Enkel kam, brachte ihn heim, und Zoe konnte endlich schließen.

»Wieso? Wieso so lang?«, fragte Stella schließlich zögerlich.

»Weil sie schwanger ist«, brummte Alex, der aus der Küche gekommen war.

Stella starrte Alex an, dann Zoe. »Du bist schwanger?«

»Ja, und es gab Probleme. Ich musste liegen.«

»Zoe, das ist toll! Also nicht, dass du liegen musstest. Aber ein Kind, Zoe …« In Stellas Kopf purzelten die Gedanken. »Gratulation. Warum hast du nichts erzählt?« Sie telefonierten doch, sie waren über soziale Netzwerke in Kontakt.

»Ich wollte mir sicher sein, dass es bleibt. Und das war lange nicht klar«, sagte Zoe.

Stella schluckte. »Und wisst ihr, was es wird?«

»Mädchen, glaube ich«, sagte Alex.

»Wir wissen nichts, Alex hätte lieber ein Mädchen.« Zoe lächelte.

»Keinen Sohn. Alex, *the second*?«

»Nein, weil der dann womöglich Hurling spielt«, sagte Alex.

Zoe lächelte. »Das macht ihm Angst. Eine Junge, der nicht Football spielt, sondern Hurling.«

Stella kannte den irischen Spruch. *Hurling is a game for piano players, football for piano movers.* Hurling war ein keltisches Mannschaftsspiel, das man hochtaktisch mit Schläger und Ball spielte – einem wie Alex war das zu unmännlich. Lieber Haudrauf und Hauruck!

»Ach, Zoe, ich freu mich so für dich. Und jetzt geht es dir gut? Welcher Monat?«

»Fünfter.«

»Man sieht noch gar nichts.«

»Gott sei Dank nicht. Ich hab keinen Bock auf all die Fragen. An Weihnachten kommt die Westküste, und dann werden wir es erzählen müssen.«

»Die Westküste« meinte Alex' Verwandtschaft, unter anderem seine reizende, aber wirklich übergriffige Mutter. Zoe war immer etwas kompakter gewesen und ihr Kleidungsstil eher so angelegt, dass man darunter eine Figur nur hatte erahnen können. Zoe war in Lunas Augen noch um Längen unmodischer als ihre Schwester Stella. »Deine Bauerntrampelfreundin« hatte sie Zoe immer genannt.

Eine lange Gesprächspause trat ein, bis Zoe sagte: »Stell, ich war auch ziemlich geschockt. Ich hab Evie und Darragh echt beschimpft, hab versucht zu erfahren, wo die Pferde sind. Ich glaube wirklich, so wie du auch, dass er sie irgendwo aus dem Hänger gelassen hat.«

»Aber das ist ... ist ...« Wie konnte man so roh sein?

Alex suchte Stellas Blick. »Stell, Darragh ist Farmer, da zählt der Gewinn. Sonst nichts. Wer will es ihm verdenken?«

»Aber er hätte doch fragen können, ob ich Puzzle kaufen will. Das hätt ich doch getan!« Stellas Stimme kippte, die Tränen flossen.

»Ja, du hättest das getan. Oder Papi. Oder Mami.« Das klang bissig.

»Alex?«

»Stell, ihr seid 2008 auf die Insel gekommen. Als Baulöwen und Banker die Republik in den Abgrund gestürzt haben. Was glaubst du, wie viele Immobilien da verkauft wurden? Stell, mach die Augen auf: Was glaubst du, warum deine Eltern das Haus der O'Farrells so günstig bekommen haben? Ihr wart doch die Profiteure.«

Stella hatte das Gefühl, als stünde sie im Sand und er bräche unter ihr weg. Wie in einer Eieruhr wurde sie im Strudel nach unten gezogen. Sie sah Zoe hilfesuchend an.

»Ja, das stimmt schon. Es wurde anfangs viel im Dorf geredet. *Da kommen diese Deutschen und profitieren vom irischen Elend.* Und Stella, die Iren haben oft in ihrer Geschichte gelitten, gerade wegen anderen!«

»Aber Zoe, ich ...«

Zoe sah weg.

»Stell, niemand macht dir einen Vorwurf. Wie alt warst du? Dreizehn? Nicht deine Baustelle. Aber wir reden ja vom Jetzt und Heute. Einer wie Darragh reagiert, wie er eben reagiert. Irland war immer das Pferdeland, mit dem Aufschwung kauften Leute ohne jedes Pferdewissen Galopper als Spekulationsobjekte, oft begannen sogenannte ›Züchter‹ ohne Plan und Ziel. Nimm Marcys Pferd, ein Vielseitigkeitspferd, das sauteuer gewesen ist und das heute auch kein Geld mehr bringt«, sagte Alex. »Und eure Ponys waren schon damals nix wert.«

»Sie einfach auszusetzen heißt, sie dem Tode zu weihen!«

»Einer wie Darragh wird dir sagen, die finden schon was zu fressen. Heißt ja auch die ›grüne Insel‹.«

»Aber das ist doch Unsinn, Alex! Das Gras hat im Winter keine Nährstoffe, die Pferde brauchen zusätzliches Heu. Und sie brauchen einen Unterstand. Wenn sie tagelang nass sind und auch noch im Wind stehen, nutzt das beste Winterfell nichts mehr. Sie werden anfällig für Krankheiten: Mauke, weil sie im Schlamm stehen, Atemwegsprobleme, Koliken durch schlechtes Futter.« Stella schluckte. »Da muss man kein Pferdefachmann sein, das sagt doch der gesunde Menschenverstand.« Sie zögerte. »Und die Menschlichkeit, die du anscheinend nicht hast!«

»Stella?« Zoe sah sie so an, wie ihr Pa sie manchmal ansehen konnte. Waidwund. Enttäuscht.

»Ja, was? Alex tut so, als sei es völlig egal, ob man ein Pferd gut versorgt oder einfach mal raushaut. Es geht doch schon damit los, dass Pferde Fluchttiere sind. Aber sie brauchen Ruhephasen, im Stehen, aber auch in der Bauch- und in der Seitenlage. Nur im Liegen gibt es den REM-Schlaf.

Wenn ein Pferd immer auf der Flucht ist, rangnieder, immer Stress hat, dann wird es auch krank.«

Alex hatte die Augen zusammengekniffen. »Ein Vortrag, Applaus. Ja, das könnt ihr Deutschen! Anderen vorschreiben, wie sie zu leben haben. Die Sparpolizei der EU. Was glaubst du, wer die Iren so geknechtet hat die letzten Jahre?«

Stella war sprachlos. Aus Alex sprach Verachtung. Eigentlich hatte sie immer gedacht, er würde sie mögen.

»Stella, Alex meint halt, dass man die Dinge von mehreren Seiten beleuchten muss. Und es gibt doch auch Pferde, die sind leichtfuttrig, die schaffen das schon.«

»Aber nicht im Winter ohne Zufütterung! Und je hochblütiger ein Pferd ist, desto mehr braucht es. Kein Motor läuft ohne Benzin!«

»Ja, Frau Tierarzt. Ja, es ist falsch, Pferde einfach rauszulassen«, mischte sich Alex wieder ein. »Es waren sogar mal internationale Journalisten bei uns in der Region. Und ISPCA-Leute. Da wurde darüber berichtet, dass seit etwa 2010 Pferde herumirren. Es gab Empörung, und dann flaute alles wieder ab. Aber da gibt es doch auch Grauzonen. Wie viele *travellers* lassen ihre Pferde irgendwo rumlaufen? Die gehören ja letztlich wem. Und wie viele Iren halten ihre Pferde nicht so, wie du das aus Deutschland gewohnt bist?«

Stella tat sich schwer zu argumentieren, zu groß war ihr Entsetzen. »Und weil die Iren eh ihre Pferde schlecht halten, können sie diese gleich irgendwo aus dem Hänger kippen?«

»Stell, das sage ich nicht. Das ist eine Rohheit, und Darragh war immer schon ein Arschloch. Aber legale Wege sind teuer. Ein Tier vom Veterinär töten zu lassen und zu entsorgen kostet rund dreihundert Euro, das wird umgangen. Und in den staatlichen Tötungsstationen für Hunde, Katzen und Pferde werden auch hundertfünfzig oder zweihundert Euro pro Pferd verlangt. Schlachtung geht nur nach EU-Richtlinien, dafür dürfen die Pferde keine Medikamente bekommen haben und müssen einen Chip haben.«

Stella starrte Alex an. »Und das weißt du alles so?«

»Ja«, sagte Zoe leise. »Weil ich recherchiert habe. Weil Alex und ich Darragh zur Rede gestellt haben. Mehrfach. Er kommt nicht mehr zu uns ins Pub. Er macht total zu.«

Stella hatte so sehr gehofft, Zoe würde ein Lichtstrahl sein, so wie sie das oft für Stella gewesen war. Aber von Zoe war keine Helligkeit in ihrem düsteren Herzen zu erwarten.

»Aber habt ihre eine Ahnung, wo er die Pferde rausgelassen hat?«

»Stell, wir wissen es nicht. Aber sein Kumpel Paul hat immer mal krumme Geschäfte mit *travellers*. Paul und Darragh sind sehr dicke miteinander, Paul macht sich bei uns auch sehr rar. Und ich weiß auch, dass beide auf illegale Pferderennen wetten. Die auf irgendwelchen Straßen in Ballymun, Finglas und Coolock stattfinden. Das ist eine Szene, von der man sich besser fernhält.«

Stella hatte davon gehört, dass es in den weniger attraktiven Vierteln von Dublin »Getto-Reiter« gab, die ausgesetzte Pferde bei Rennen auf Asphalt verheizten. Die Polizei sah zu. Sie hatte andere Probleme. Aber wenn Puzzle und Rihany dort gelandet waren, dann … Sie wagte den Gedanken nicht weiterzudenken.

»Zoe, ich … ich … was sollen wir denn nun tun?« Stella

sah Zoe mit großen Augen an, sie hoffte immer noch auf irgendetwas, das nicht kommen würde.

Zoe sah unglücklich aus, und es war wieder Alex, der sich einmischte. »Zoe tut gar nichts. Sie schont sich. Außerdem weißt du, was hier Weihnachten los ist. Wir müssen vorbereiten, wir haben genug zu tun.«

»Aber die Pferde sind da draußen!«

»Wo sie schon irgendwas zu fressen finden. Wo es außer euch sicher auch noch andere Leute gibt, die sich kümmern. Die ISPCA …«

Stella unterbrach ihn. »Ja, toll, es auf andere schieben, das ist eine Lösung! Zoe!«

»Stell, Alex hat recht. Und wo willst du sie denn suchen? Auf der gesamten Insel?«, fragte Zoe leise.

Der Schmerz in Stellas Innerem war wie Feuer. Und es gab keine Worte, keine kleinen, keine großen mit Dramatik. Keine, die ihren Gefühlen nicht hinterherhinken würden, und erst recht keine, die ein Schwert schwingen würden. Alle Worte waren müde. Stella drehte sich um und ging. Sie hoffte, Zoe werde ihr nachlaufen, aber nichts geschah.

Sie radelte heim, es war Licht in Pas Büro, und obgleich sie eine Regel brach, ging sie hinein. Auf drei Bildschirmen flackerten Zahlenreihen, abwesend sah er hoch, registrierte die Tränen auf Stellas Gesicht und drehte sich komplett zu seiner Tochter um.

»Sternchen, was ist los?«

Stella erzählte und erkannte am Gesichtsausdruck ihres Vaters, dass er das Problem nicht sah.

»Fressen Pferde nicht Gras? Das wächst doch überall, Sternchen.«

Stella flüchtete, ohne zu antworten, und rannte in ihre Schwester hinein, die Stechpalmenzweige und bunte Bänder trug.

»Ich hab dich schon gesucht. Wir binden den Kranz doch zusammen wie jedes Jahr?«

»Ja, von mir aus.«

Luna sah sie prüfend an. »Was ist los?«

Stella erzählte. Luna unterbrach sie nicht, was eigentlich ungewöhnlich war. Und sagte dann: »Darragh, dieser Bauernschädel! Plebs, mehr nicht. Das hab ich dir immer gesagt.«

»Ja, du hast es immer gewusst. Du warst immer klüger. Schöner. Erfolgreicher. Ich weiß«, brach es aus Stella heraus.

Luna schüttelte den Kopf mit einer Attitüde, als sei sie hundert Jahre älter und weiser, nicht bloß zwei. »Nonsens. Du warst immer Papas Liebling, sein Augensternchen, sein *shining light*. Und unsere Mutter mochte uns beide nicht. Natürlich liebt sie ihre Kinder, aber sie ist ein unemotionaler Business- und Organisationsmensch. Kinder sind viel zu unberechenbar. Genau genommen hätte sie keine haben sollen. Wir sitzen im selben Boot. Also, was willst du?«

Das war eine überraschende Analyse, kurz, prägnant – da blitzte viel kluge Souveränität bei der *fashion queen* durch. Und noch bevor Stella antworten konnte, bohrte Luna weiter: »Na, was jetzt, Stella? Keine Antwort? Du musst doch zugeben, dass du, wenn es um Tiere geht, immer schnell hysterisch wirst.«

»Ach so, hysterisch! Bloß weil dir Tiere nicht wichtig sind.«

Was so nicht ganz stimmte. Luna war auch geritten und gar nicht schlecht. Aber sie hatte immer Socken mit Karomuster passend zu dem der Schabracke getragen, ihre Reithosen hatten ebenfalls farblich dazu passen müssen. Sie hatte Schablonen geschnitten und den Pferden goldene Sterne und Halbmonde auf die Kruppe gesprüht. Stella und Luna gewissermaßen. Luna mochte Hunde und wollte später einen haben.

»Ich bin nicht hysterisch!«

»Dann beruhig dich! Wir schmücken jetzt das Haus. Wie immer. Wir schreiben die Karten.«

Eine Tradition, die Stella immer sehr schön gefunden hatte. In Irland schrieb man noch echte postalische Karten an die Lieben, nicht bloß SMS oder E-Mails. Die Karten waren oft witzig oder kitschig, auch mal grobschlächtig, aber man dachte an einen lieben Menschen und gab sich für ihn Mühe.

»Und wenn wir damit durch sind, dann backen wir Plätzchen. Wenigstens ein paar Sorten. Das geht jetzt vor! Und lenkt dich ab, und du kannst dabei überlegen, was zu tun ist. Erst denken, dann handeln.« Sie pustete eine Haarsträhne weg. »Ich sag dir, was eine Idee wäre: Hetz mal Erin auf Darragh, die ist mit halb Irland verwandt. Erin hat immer eine Lösung parat. Sie ist dein Joker.«

Aus Lunas Blick sprach Triumph. Stella schwieg.

»Zoe kannst du vergessen«, fuhr Luna fort, »viel zu behäbig, das Mädchen. Und du kriegst aus diesem Rohling Darragh nichts mehr raus. Wir sind hier die Fremden, die

Deutschen. Uns sagt hier keiner was. Das hast du ja leider nie begriffen und dich immer gemein gemacht mit dem irischen Landvolk. Wenn Pa Darragh nicht immer Geld gegeben hätte, dann hättest du da auch nicht tagelang rumlungern können.«

Ein weiterer dumpfer Schlag in die Magengrube. »Aber wir haben doch die Pferde geputzt und ausgemistet. Dafür durften wir reiten.«

»Stella, träum weiter! Zoe vielleicht, die stammt von hier. Für dich hat Pa jeden Monat fünfzig Euro bezahlt. So, holst du nun die Kiste? Ich fang schon mal mit dem Kranz an.« Damit erklärte Luna das Gespräch für beendet. Sie konnte Dinge abhaken und weitermachen. Immer ihr Ziel vor Augen. Darin war sie groß. Sie würde eine ganz Große der Modeszene werden, daran hatte Stella keine Zweifel.

Für sie dagegen zerbrach gerade eine ganze Welt. Am liebsten wäre Stella geflüchtet, aber wohin? Die Pferde waren fort, und Zoe war keine Bastion mehr. Erin, die lebte in Navan, doch da konnte sie so spontan auch nicht aufkreuzen. Aber Luna hatte recht: Sie musste mit Erin reden, und sie musste sich vorerst in die Weihnachtstraditionen fügen. Für den Moment zumindest.

Stella ging in den Schuppen, »die Kiste« holen. Sie musste sie durch den Kies hinter sich herzerren – so groß war sie. Sie passte kaum durch die Eingangstür, man hätte den Inhalt besser auf mehrere Kisten verteilt, aber sie war eben *die* Kiste und unantastbar. Anita war als junge Frau Stewardess gewesen, und sie hatte weltweit Weihnachtsschmuck eingekauft. Ein Sammelsurium, das über die Jahre anwuchs und dem Baum und dem Haus schon früher in München und nun in Irland eine internationale opulente Buntheit verlieh.

Die Weihnachtszeit bei den Bauers war eine bunte Mischung aus Bräuchen der alten und der neuen Heimat. Aus der neuen stammte in jedem Fall der heiße Punsch. Den machte Luna perfekt – irischer Whiskey, sie nahm dazu immer Black Bush, Zitrone, Gewürznelken, braunen Zucker. Und einen Becher davon stellte sie nun vor Luna ab. Inklusive eines Tellers mit *short bread*, das sie mit Sicherheit im Duty-free gekauft hatte.

»Du hast bestimmt wieder nichts gegessen. Prost!«

Stella aß zwei Kekse, der Punsch stieg ihr dennoch sofort in den Kopf. Aber er legte eine wattige Gelassenheit über ihre Gedanken.

Stella zog eine Girlande aus künstlichem Tannengespinst und Efeu aus der Kiste und wand diese um den gesamten Handlauf der Treppe nach oben. Dann eine Lichterkette. Der spannende Moment folgte mit Einstecken des Steckers: Würde sie brennen? Ja, sie brannte, und augenblicklich verwandelte sich das Haus. Luna klatschte in die Hände und verkünstelte sich dann weiter mit ihrem Kranz. Stella stellte die geschnitzten Lichterbögen aus dem Erzgebirge in die oberen Fenster, sie hatten schon Omas Haus gewärmt. Sie sah dabei hinaus. Drüben bei den Sweeneys waren Jeff und Phil, Vater und Sohn, dabei, mithilfe einer Leiter den Giebel und die Fassade mit einem Netz aus Lichterwerk zu überziehen. Stella lächelte: Die Sweeneys waren *Christmas maniacs*. Wahrscheinlich hatten sie bis zum sechsten Januar eine Stromrechnung in der Höhe einer mittleren Großstadt. Und jedes Jahr kam noch irgendein Gimmick dazu. Martha wuchtete unten im Garten zusammen mit ihrer Schwester Kate einen lebensgroßen Schlitten mit Rentieren, alles aus Lichtschläuchen, aus der Garage auf den Rasen. Dasher, Dancer, Prancer, Vixen, Comet, Cupid, Donder und Blitzen, die acht Rentiere, ganz klassisch.

Denn es waren ja gut hundert Jahre lang immer acht gewesen. Europäische Auswanderer hatten den Nikolaus-Brauch mit in die Neue Welt gebracht. Die niederländischen Kolonien feierten das Sinterklaasfeest, aus Sinterklaas wurde Saint Claus und schließlich Santa Claus. Dass der Schlitten von Santa Claus von Rentieren durch die kalten Winternächte gezogen wird, weiß in den USA seit 1822 jedes Kind. Damals entstand die Geschichte *A Visit from St. Nicholas*. Der Autor beschrieb darin die acht Rentiere, die den Schlitten zogen, und die Namen kannte bald jeder. Bis Rudy gekommen war. Durch die amerikanische Warenhauskette Montgomery Ward entstand die Figur von Rudolph, dem neunten Rentier. Das Kaufhaus verschenkte an Weihnachten traditionell ein Kinderbuch; 1939 beschloss die Firmenleitung: Warum nicht selbst eines schreiben? Robert L. May, Angestellter des Unternehmens, machte sich daran, eine Geschichte zu erfinden, und verzauberte die Welt mit der Story vom Rentier, das wegen seiner leuchtend roten Nase von allen anderen Rentieren verspottet wurde, aber dann vom Weihnachtsmann gebeten wurde, den Schlitten durch eine neblige dunkle Nacht zu leiten. Sozusagen mit seiner Nasenlampe! Rudy hatte gewonnen.

Eine schöne Geschichte, wie Stella fand. Sweeneys' Rudy

stand neben dem Schlitten, und er hatte eine rote Nasenlampe! Und als wüsste man im Radio 2FM von den Sweeneys und ihrem Treiben, erschallte unten Johnny Marks' und Gene Autrys berühmtes Weihnachtslied *Rudy, the red-nosed reindeer*.

Martha hatte Stella am Fenster entdeckt und winkte herauf. Sie hatten doch immer einen guten Draht zu den Sweeneys gehabt, Luna sah das einfach zu negativ. Sie waren längst angekommen in Irland. Oder nicht? War ihr Leben Illusion? Luna hatte Bitterkeit in Stellas Gedanken eingepflanzt.

Stella winkte Martha zurück und ging wieder hinunter, wo Luna ebenso rote Backen hatte wie der Kranz Beeren.

»Los!«

Mit den Punschbechern in der Hand gingen sie zur Tür, stellten die Getränke ab und befestigten den Kranz am Türklopfer.

»Prost!« Die Becher klangen zusammen. Stellas Punsch war nur noch lauwarm, aber auch das Anstoßen vor der Tür hatte Tradition. Und so wie Luna aussah, hatte sie schon den zweiten Becher intus.

Wenn es etwas gab, das Stella für das irische Weihnachten einnahm, dann die Tatsache, dass hier der Schwerpunkt auf *merry* lag, weniger auf der besinnlichen Weihnacht. Oder anders gesagt: Man soff viel.

Ihr Vater war sogar aus seinem Kabuff jenseits der Einfahrt gekommen. Er umarmte die Mädchen. »Meine schönen Töchter! Wo ist der Punsch für mich?«

»Komm rein«, sagte Luna und hantierte dann in der Küche. Wieder gab es Punsch, den zweiten für Stella, den wohl dritten für Luna und einen für Pa, der allerdings deutlich stärker. Er hatte ja was aufzuholen.

Sein Blick ging durch den Raum. »Schön macht ihr das«, meinte er, wirkte allerdings schon wieder etwas abwesend. Er zückte sein Smartphone, zog die Stirn in Falten, irgendeine binäre Kolonne hatte sich wieder in ihm festgesetzt.

Und er eilte samt Tasse davon.

Luna zwinkerte Stella zu, es gab diese Momente, wo sie sich sehr nah waren. Schwestern. Weggefährtinnen. Also begannen sie die Küchenschlacht, und am Ende waren Vanillekipferl, Nugatkipferl, Spitzbuben und einfache Ausstecherle nach dem Rezept der Allgäuer Oma entstanden. Luna hatte aus Kanada neue Ausstecher mitgebracht, in Form von Lama, Kaktus und Penis.

»Sehr traditionell«, grinste Stella. Der Punsch tat seine Wirkung. Das Leben war wärmer geworden und leichter.

»Genau!« Luna setzte auf die Penisspitze jeweils ein rotes Herzchen aus Zuckerguss. Stella hielt sich lieber an die Elchausstecher und verteilte bunte Streusel darüber. Die Kekse mussten noch auskühlen. Es war dunkel geworden, Stella fühlte sich schwer und sank auf die Couch. Im Radio lief *Fairytale of New York* von den Pogues, der irischen Punk-Folk-Band.

»Ach nee, nicht schon wieder das Lied vom Mann mit den wenigen Zähnen«, beschwerte sich Luna.

»Ich find es schön«, sagte Stella.

Shane McGowan hatte nun mal diese bitterschöne Stimme, wozu brauchte er da Zähne? Und wenn in Deutschland eben immer und überall *Last Christmas* war, musste es in Irland das *Fairytale* sein. Stella döste in das Lied hinein, als es plötzlich taghell wurde. Die Sweeneys hatten ihr Feuerwerk gezündet. Das Weihnachtshaus beleuchtete wahrscheinlich die Küste von Drogheda bis Dublin.

Luna ließ die Jalousien herunter, was sehr deutsch war. Aber effektiv gegen die Lichtbelästigung.

Schließlich kam Anita heim, sie hatte Take-away vom Thai dabei, lobte die Mädchen kurz, probierte je ein Plätzchen von jeder Sorte – »Nicht mehr, ich muss auf meine Figur achten!« – und vertiefte sich in eine Folge von *Taken Down*. Stella und Luna schrieben Karten, die Eltern würden später noch ihre Unterschrift daruntersetzen. Stella fühlte eine bleierne Müdigkeit, die Pferde waren kein Thema in ihrer Familie – und sie ging früh zu Bett.

Drei

Sonntag, 16. Dezember

Am nächsten Morgen brannten noch immer die gleichen Sorgen in Stellas Herzen. Es war still im Haus, gerade mal halb neun, alle schliefen noch. Stella nahm das Auto ihrer Mum, die würde es heute an ihrem freien Tag wohl nicht brauchen, und fuhr nordwärts. Es war wenig los, der Himmel hing schwer über der aufgewühlten See. Stella hatte zuerst überlegt, Erin anzurufen, aber dann doch beschlossen, sie einfach zu überfallen. Erin war Lehrerin geworden, sie lebte in Navan. Stella hatte kein wirklich gutes Gefühl dabei, Erin ohne Vorwarnung aufzusuchen. Also fuhr sie langsam, zögerte die Ankunft hinaus und parkte sogar zuerst einmal am Strand bei Balbriggan und lief zum Martello Tower, der 1803 als Wehranlage gegen Napoleon erbaut worden war. So viele Invasoren auf der Insel, all die Jahrhunderte so viele bewegende Schicksale, die immer noch aus den Steinen atmeten.

Stella fühlte sich wie zerrissen, ihr Inneres war unruhig

wie die See. Was, wenn Erin sie auch so abblitzen ließ? Weil sie auch für Erin nur eine deutsche Invasorin war?

Stella nahm kleine Landstraßen, holte sich an einer Tankstelle einen Kaffee und einen Donut, der fettig war und viel zu süß.

Als sie in Navan einfuhr, war etwas mehr Leben auf den Straßen, ein Jogger, ein paar Spaziergänger mit Hunden. Auch hier prunkte schon überall Weihnachtsschmuck. Erin bewohnte mit einer Kollegin ein kleines Häuschen direkt am Blackwater Park, wo man manchmal je nach Windrichtung die Nationalstraße rauschen hörte. Erin arbeitete mit Begeisterung als Lehrerin an der Scoil Naomh Eoin, einer katholischen, werteorientierten Primary School. Erin liebte Kinder und ihren Job, sie war da, wo sie war, genau richtig.

Stella parkte vor dem Haus und hämmerte mit dem Türklopfer. Eigentlich sehr zögerlich, aber hinter der Tür ging ein Bellen los, das sich fast überschlug. Das war Rusty, der Terriermischling, ein Zwerg mit dem Herzen eines Löwen. Die Tür ging auf, Rusty verlegte sich aufs frenetische Wedeln, er freute sich anscheinend ein Loch in den Bauch, Stella zu sehen. Und Erin, in karierter Schlafanzughose und viel zu großem Sweatshirt, quietschte wie ein Kleinkind: »Stella ist da, Stella ist da! Warum hast du dich nicht angemeldet? Ich hätte doch den roten Teppich ausgelegt!«

»Geht gut ohne! Ich freu mich!«

Sie umarmten sich, es tat gut, solche Wärme zu spüren.

»Cappuccino?«

»Unbedingt!«

Erin und ihre Mitbewohnerin Gianna besaßen eine

exquisite italienische Siebträgermaschine. Gianna war eine Göttin unter den Baristas, kein Wunder, kam sie doch aus einer Eismacher-Dynastie aus dem Veneto. Besseren Cappuccino als bei diesen beiden gab es in ganz Irland nicht.

Als der Cappuccino vor ihr stand und Rusty sich endlich beruhigt und sich auf Stellas Zehen niedergelassen hatte, nachdem Stella ein paar Fragen zum Schulleben gestellt hatte, sah Erin sie prüfend an.

»Genug Small Talk, was hast du wirklich auf dem Herzen?«

Und Stella erzählte. In leisen Worten, die sich vorantasteten wie jemand mit unsicherem Schritt auf Kopfsteinpflaster.

»Er hat sie also wirklich einfach ausgesetzt? Weißt du das sicher?«, fragte Erin schließlich.

»Was heißt *sicher*? Mir sagt doch keiner was. Mir sagt man, ich sei hysterisch.« Stellas Stimme kippte.

»Psst! Alles gut. Keine Panik. Stella, ich versteh dich. Wir müssen da logisch rangehen. Darragh ist ein fauler Hund. Der fährt keine Pferde quer durch Irland. Der macht Geschäfte, bevorzugt dubiose.«

Stella schluckte, atmete durch. Erin war auf ihrer Seite. Das war gut. Erin war Hoffnung. »Alex sprach von einem Paul.«

»Paul Nolan? Der Viehhändler?«

»Ich nehme es an.«

»Dem hat er die Pferde gegeben, klar! Das ist sein Stil. Da bin ich mir sicher. Und dem mach ich jetzt mal Dampf!«

»Wem? Darragh? Das nutzt doch nichts!«

»Nein, Paul!«

»Wie willst du, wie …?«

»Leider, und ich bin nicht stolz drauf, ist der um Ecken mit mir verwandt. Mich wird er nicht anlügen.«

Erin griff zum Telefon. Sie schien zunächst jemand anderen in der Leitung zu haben, wartete, nickte Stella beruhigend zu. Dann grüßte sie einen Paul. Und nach wenigen Floskeln auf Englisch begann sie, Irisch zu reden. Erin gehörte zu den vielleicht fünfzigtausend Iren, die noch Gälisch sprechen konnten, als Alltagssprache, nicht bloß ein paar sentimentale Floskeln. Sie war in einer Gesellschaft zur Erhaltung der Sprache tätig, gab Unterricht. Jetzt wurde sie immer lauter, was in dieser magisch schönen Sprache aber immer noch freundlich klang.

Gianna kam herein und umarmte Stella kurz. Gianna bestand nur aus schwarzen Locken, die sie irgendwie am Kopf zusammengewunden hatte. Sie hatte eine markante Nase, sprach stets mit großer Gestik, eine Südländerin durch und durch. Die Schulkinder liebten sie, ihr Unterricht war pures Entertainment. Erin machte eine Psst-Geste in Giannas Richtung. Diese schüttelte den Kopf, rollte die Augen, zwinkerte Stella zu und machte sich an der Maschine zu schaffen. Erin brüllte nun, Stella hatte sie noch nie so laut erlebt.

»Die ist nicht nur lieb. Sie kann auch anders«, flüsterte Gianna Stella zu, grinste, und beide lauschten der Brandung des Redeschwalls, von dem sie nur sehr wenig verstanden. Wieder, wie nun schon öfter in den letzten Tagen, fühlte sich Stella wie eine Touristin. Dort, wo sie doch eigentlich zu Hause war. Es musste großartig sein, wenn man so eine Sprache konnte, eine Insidersprache, eine Geheimsprache gewissermaßen, die man mit wenigen teilte. Eine Sprache wie ein Vermächtnis der Kelten. Stella wusste, dass 1831 Englisch als einzige Sprache eingeführt worden war. Kinder, die Irisch sprachen, wurden verprügelt, die Eltern mussten ihre eigenen Kinder denunzieren. Die Sprache überlebte im Verborgenen, 1921 wurde Irisch oder Gälisch als offizielle Landessprache wieder eingeführt.

Stella hatte das anrührende Buch *Translations* von Brian Friel gelesen: Es beschrieb, wie ein steifer englischer Beamter in Donegal die gälischen Ortsnamen völlig ungerührt »einenglischte« und damit den Orten jeden Zauber nahm.

Erin dagegen war mittendrin in diesem Zauber, der momentan mehr ein Donnerhall war. Nach etwa zehn Minuten legte sie das Telefon weg.

»Ich brauch noch mal ’nen Cappuccino. Dieser Vollidiot!«

»Ich mach dir einen. Für dich auch, Stella?«, fragte Gianna.

Stella nickte und sah Erin an, die immer noch den Kopf schüttelte.

»Also, pass auf! Paul, dieser sture Saftsack, musste sich erst mal warm laufen. Und ich musste ihm etwas stärker drohen.«

»Womit?«, grinste Gianna.

»Mit seiner Mutter. Das ist eine gottesfürchtige Frau, das Oberhaupt des Clans, die auch so einiges an Hexenwissen in sich trägt. Ihre Meinung wird selbst noch in den USA gehört und befolgt. Und diese Eabha aus der schönen

Grafschaft Donegal würde solche Geschäfte nicht tolerieren.«

»Welche Geschäfte?« Stella schrie fast.

»Darragh hat Paul die Pferde zur Entsorgung gegeben und fünfzig Euro pro Pferd bezahlt. Schrottpreis hat er das genannt.«

Gianna stieß ein angewidertes Geräusch aus.

»Und Paul, ganz schlau, hat die Pferde an einen Pferdehändler in Ballymun für weitere fünfzig Euro vertickt. Der veranstaltet leider wirklich illegale Rennen, auf die man wetten kann.«

Aus Stella schien alles Leben gewichen, sie saß starr da und war kreideweiß im Gesicht.

»Weiß man, wie der Händler heißt?«, fragte Gianna.

»Nicht so ganz. Michael oder Mikey, kein Nachname. Es ist aber bekannt, dass er seine Rennen im Internet ankündigt.«

»Wie, er kündigt illegale Rennen an?«

»Nun, er hat eine Seite namens mikeysgame, und da stellt er Termine und Straßennamen drauf, und es klingt wohl so, als handle es sich um Gaelic-Football-Spiele. Sein Zirkel weiß aber, um was es geht. Es lässt auch Hunde laufen, ausrangierte Greyhounds, im Prinzip dieselbe Tragödie wie bei den Pferden. Tier bringt nix mehr, weg damit – und zuvor noch ein bisschen Brot und Spiele.«

Gianna hatte einen Laptop geholt, tippte eine Weile herum, bis sich die Seite öffnete. Alles sah seriös aus, und es klang wirklich so, als ginge es um Football für Jugendliche.

»Der nächste Termin ist am sechzehnten Dezember. Mensch, das ist ja heute.«

Stella drehte den PC zu sich um. Die Adresse war eine Straße in Ballymun, einem Teil Dublins, in den Stadtplaner, Politiker, Visionäre und Fantasten viel Geld gesteckt hatten, um die heruntergekommenen Hochhäuser abzureißen und dem Viertel ein neues Gesicht zu geben. Was sie dabei vergaßen: Sie vertrieben alle kleinen und größeren Geschäfte, alle Treffpunkte im Kiez. Am Ende war wenig besser geworden, eher alles trostloser. Es war noch immer ein Scherbenviertel mit hoher Kriminalitätsrate.

Auch Erin starrte auf den PC. Dann sah sie Stella an. »Du wirst da nicht hinfahren! Schon gar nicht allein!«

»Du kannst ja mitkommen«, sagte Stella trotzig.

»Wir haben ab dreizehn Uhr eine Weihnachtsfeier in der Schule. Wir müssen gleich weg. Zum Vorbereiten. Du darfst das nicht tun. Es ist gefährlich!«

»Ja.« Stella nickte.

»Warum glaube ich dir nicht?«, fragte Erin.

»Weil man ihr nicht glauben kann«, antwortete Gianna und gab Erin einen Kuss auf die Stirn. Darin lag eine große Zärtlichkeit, die Stella tief im Inneren traf. Sie suchte Erins Blick. Erin hatte Giannas Hand genommen und wurde ein bisschen rot.

»Erin? Ihr?«

»Ja, schon länger. Du kennst meine Familie. Stockkonservativ. Wir hängen das nicht an die große Glocke. Auch nicht in der Schule.«

Stella war immer noch verblüfft, und ihre Gedanken schlugen Kapriolen. »Aber wir leben im Jahr 2018.«

»Wo immer noch gilt, dass Frauen nur Frauen lieben, wenn sie keinen Kerl abbekommen haben«, warf Gianna ein.

Diese beiden Schönheiten hätten sicher jede Menge Kerle abbekommen, und in der Schulzeit war Erin auch mal mit einem der meistbewunderten Rugbyspieler zusammen gewesen.

»Das ist schön. Für euch. Ich …«

Erin lachte. »Stella, du bist süß.«

War sie süß? Sie schien jedenfalls als Einzige einsam zu sein. Alle steuerten in eine verheißungsvolle Zukunft zu zweit, nur sie studierte langweilig vor sich hin.

»Das sind ja Neuigkeiten, Mensch, Erin!« Stella hielt inne. »Es scheint die Zeit der Neuigkeiten zu sein. Wusstest du, dass Zoe schwanger ist?«

»Ja, seit einigen Tagen. Ich war im Pub, da hat sie es erzählt, musste es zugeben, weil sie nämlich mit mir nichts trinken wollte. Und sie hat so lange gewartet mit der Neuigkeit, um sicher zu sein. Aber das weißt du vermutlich.«

Ja, das hatte sie erfahren, auch erst gestern. Stella fühlte sich überflüssig.

Gianna erhob sich. »Ich will nicht ungemütlich erscheinen, aber wir sollten uns anziehen und losfahren.«

Stella sprang auf. »Mensch, ich halte euch auf!«

Man sah Erin an, dass sie über die Situation unglücklich war. Sie wirkte hin- und hergerissen. »Aber du fährst da nicht hin?«

»Nein, ich recherchiere weiter und ruf mal bei den Tierschützern an. Vielleicht haben die ja auch Interesse.«

»Versprich mir das!«

»Klar.« Stella wusste, dass Erin ihr nicht glaubte. Und sie hatte auch nicht Ja gesagt.

»Wir kommen in den nächsten Tagen noch nach Skerries. In den Pub. Geht das klar?«, fragte Erin.

»Ja, das wäre schön. Wir alle wieder zusammen.«

»Stella, fahr nicht dahin!«

»Nein, Mama!«

Stella war schon durch die Tür nach draußen gegangen, winkte noch einmal kurz und startete dann das Auto. Fast mechanisch fuhr sie aus dem Städtchen hinaus und fand sich auf dem Parkplatz am Hill of Tara wieder. Außer ihr stand da nur noch ein Bus mit französischem Kennzeichen, das Visitors' Centre hatte seit Mitte September geschlossen. Obgleich der Wind abgenommen hatte, kroch die Kälte in Stellas Körper. Sie ging allein über die Wiese, die ein paar grasbewachsene Erdwälle überragten. Eine Kultstätte der Megalithkultur. Wo einst die Residenz Cormac mac Airts, des ersten irischen Hochkönigs, stand. Hochkönig wurde, wer von einhundertfünfzig Kleinkönigen und den fünf übergeordneten Provinzkönigen auf dem Hill of Tara ausgerufen wurde. Und im 5. Jahrhundert tauchte wohl der heilige Padraig auf, um zu missionieren. So wie er das auch am Rock of Cashel versuchte und klug erkannte, dass er den König bekehren musste, damit dann das Volk seinem Beispiel folgen würde. Der Legende nach war König Aengus gar nicht abgeneigt, und unter großen dramatischen Gesten begann Padraig seine Predigt. Um dem Ganzen noch mehr Bedeutung zu verleihen, donnerte der Heilige seinen Bischofsstab zu Boden und traf dabei mit voller Wucht den Fuß des Königs, der bald in einer Blutlache stand, aber keine Miene verzog. Schließlich hatte er keine Ahnung von der Prozedur und dachte wohl, das gehöre dazu. Auch eine schöne Geschichte, wie Stella fand.

Stella war nicht gläubig, sie war in der Schule katholisch erzogen worden, ihre Oma ging in die Kirche, ihre Familie immer nur zur Christmette. Stella hatte als Kind dieses ganze Beichten in der dunklen Kiste als eher bedrohlich empfunden und sich auch nie einen Mann mit Rauschebart auf einer Wolke vorstellen können. Umso mehr gefiel ihr der pantheistische Naturglaube der Kelten, diese reiche Sagenwelt. Und Stella nahm mal an, dass diesen Kelten die Geschichten aus dem Alten Testament recht gut gefallen hatten, wahrscheinlich primär, weil sie einen hohen Unterhaltungswert besaßen. Es war doch faszinierend, dass die ersten Christen in Irland so bombastisch gebaut hatten, um ein Gegengewicht zu diesen heidnischen Einflüssen zu schaffen. So wie rund um den Hill of Tara die wichtigsten Abteien entstanden waren, um die unergründliche keltische Mystik mit religiösen Beteuerungen und Baubombast zu übertünchen. Luna hatte sich immer über Stellas »Keltengefühl« lustig gemacht. Aber Stella fühlte eine besondere Kraft, sie fühlte die Anwesenheit von etwas, das größer war als sie selbst. Sie hatte es auf der Elfenweide immer gespürt und hier auch. Und so kalt es war, so feucht der Boden auch sein mochte, Stella legte sich auf den Rücken und sog etwas auf, das ihr wieder neue Energie gab.

Sie startete das Auto und fuhr nach Clonee und hinein in die Stadt. Dublin, so gräulich, so wenig heiter am Nachmittag eines Tages, der aufwühlend begonnen hatte. Was Stella nun brauchte, war ein Wunder! Ein Wunder von Dublin!

Auf Mikeys Website wurde eine Straße genannt, die an einen Park angrenzte. Wobei »Park« ein zu großes Wort war. Es gab braun-sandige Tristesse mit ein paar krüppeligen Bäumen, die Parkbänke zugesprüht mit Unflätigkeiten. Ein paar Kids mit Kapuzenpullovern und Skateboards trieben sich an einer selbst gebastelten Schanze herum. Wer gerade nicht sprang, sog an der Bierdose. Die Jungs waren maximal dreizehn – schätzte Stella. Zwei Mädchen hatten sich älter geschminkt und waren doch wohl höchstens zwölf. *Suburbia*, Subkultur, vielleicht war Stella wirklich ein bayerisches Schäflein, das in einem watteweichen Pelzkokon aufgewachsen war.

Es wurde dunkel, von einem Pferderennen keine Spur. Stella saß in ihrem Auto, unschlüssig, was zu tun war. Sie konnte kaum fragen: He, gibt's hier ein illegales Rennen? Zwei Autos fuhren plötzlich vor, aus einem drang laute Musik. Rap, ein vorantreibender Rhythmus, der aggressiv machte. Und dann hörte Stella Pferdehufe. Aus der Dunkelheit trabten zwei Kerle heran, sie saßen auf je einem ungesattelten Pferd und führten jeweils ein weiteres Pferd. Da war ein Schecke, das Adrenalin schoss Stella durch die Adern. Aber es war ein Rappschecke, Puzzle war ein Braunschecke.

Stella stieg aus. Autoscheinwerfer flammten auf, ein klappriger Kleintransporter fuhr vor, und der schwammige Mann, der herauswalzte, musste Mikey sein. Ohne es wissen zu können, war sich Stella dessen sicher. Und tatsächlich: Hinter der Heckklappe verbarg sich eine Art mobiles Wettbüro, Leute kamen näher, Scheine wurden hin- und hergereicht. Lachen, polternde Stimmen, das Licht verzerrte Gesichter zu Fratzen.

Stella trat näher.

Zusätzliche Scheinwerfer wurden aufgestellt. Auf jedem der beiden ungesattelten Pferde saß ein Typ, sie hatten den Pferden Stricke durch das Maul gezogen. Dem Schecken bebten die Flanken, in seinen Augen trat das Weiße hervor, das ganze Pferd war pure Panik. Am Rande der Straße stand ein stark geschminktes Mädchen mit rosa Haaren, es trug eine löchrige Strumpfhose, einen gürtelkurzen Karorock und eine Bomberjacke darüber. Sie hielt eine Fahne – wie bei einem dieser illegalen Autorennen, aber Autos hatten wenigstens keine Gefühle. Sie brüllte etwas hinüber zum Reiter des Schecken, der noch mehr an dem Strick riss. Das Pferd versuchte zu steigen, der Typ prügelte mit einem Haselnussstecken auf seine Flanke.

Das war der Moment, als Stella losrannte, auf das Pferd zu. Sie packte den jungen Mann am Bein, und der war so verblüfft, dass er allen Ernstes zu Boden fiel. Für ein paar Sekunden war es mucksmäuschenstill, dann gab es ein paar Lacher. Stella löste den Strick aus dem Maul des Pferdes, es blutete in den Maulwinkeln. Der Typ rappelte sich auf.

»Spinnst du, Alte?« Er schubste Stella.

»Lass das arme Tier in Ruhe!«

Ein paar andere waren hinzugekommen. Sie beäugten Stella wie eine Art Alien. Das Mädchen mit der Starterfahne wedelte damit vor Stellas Gesicht herum. »Das arme Tier, hä? Wie bist du denn drauf, Alte?«

»Ihr quält Tiere.«

»Wir quälen Tiere«, der Reiter lachte widerlich. »Eine One-Woman-Tierschutzbrigarde.« Er kam näher, einer seiner Gefolgsleute auch. Stella und das Pferd wichen zurück, aber weiter als bis zur Hauswand kamen sie nicht. Die beiden Typen, die extrem nach Alkohol und Moder rochen, drängten Stella gegen das Pferd. Sie konnte ihren Atem spüren.

»Lasst den Scheiß!«

»Das Tierschutz-Püppchen redet mit uns.« Der eine lachte wie ein Lachsack, das Lachen steigerte sich immer mehr und endete in einer Art Erstickungsanfall.

»Welchen Scheiß?«, fragte der andere.

»Mich hier einzuklemmen.«

»Einzuklemmen! Du bist ja eine ganz lustige Braut«, beölte sich der Lachsack. »Sollen wir dir mal zeigen, wie wir eine Braut so richtig *einklemmen*?« Seine Hand fuhr nach vorne in Richtung ihrer Brust, und in dem Moment fuhr Stellas Knie nach oben. Der Lachsack sackte zusammen. Sein Kumpel stutzte kurz, dann riss er Stellas Arm nach hinten und hielt sie fest wie ein Schraubstock. »Das wirst du büßen, du *bitch*.«

In dem Moment raste ein Polizeiwagen heran, gefolgt von einem Van. Der Typ ließ von ihr ab und rannte. Genau vor ein weiteres Polizeiauto aus der anderen Richtung. Auf einmal rannten alle, es war ein ziemlicher Tumult. Stimmen, Schreie, nur Stella war wie paralysiert. Sie blinzelte in die flackernden Lichter. Sie bemerkte, dass ein junger Mann eine Kamera führte, er nahm das Geschehen auf. Er schwenkte über Stella und das Pferd und wieder zurück zu Stella, die immer noch dastand wie festgewachsen.

»Du bist entweder extrem blöde oder sehr mutig«, kommentierte er schnell und hastete einem großen, schweren Mann hinterher. Stella hätte nicht sagen können, wie viel

Zeit vergangen war, es dauerte auch, bis sie begriff, dass man sie schon mehrfach gebeten hatte, mit zum Polizeiauto zu kommen. Um eine Aussage zu machen. Sie streichelte die ganze Zeit mechanisch das Pferd und murmelte dabei unverständliche Worte, wohl mehr zu ihrer eigenen Beruhigung.

»Ich kann das Pferd nicht allein lassen«, meinte sie.

Ein großer Mann drückte ihr einen Becher Tee in die Hand. »Doch, kannst du.« Er stellte sich als Liam vor und als derjenige, der bei der Dublin Society for Prevention of Cruelty to Animals, einer Unterorganisation der Irish Society for Prevention of Cruelty to Animals in Dublin, für ausgesetzte Pferde zuständig war.

»Mädchen, du hattest Glück. Wie kannst du so einen Alleingang vornehmen? Das hier ist nicht Howth, oder woher kommst du?«

»Aus Skerries«, sagte Stella trotzig. Warum glaubten alle, sie sei eine privilegierte Prinzessin? »Außerdem studiere ich Tiermedizin.«

»Und das befähigt dich, dich ein paar Hooligans entgegenzustellen, die vor nichts zurückschrecken?«

»Ich wollte, dass sie das arme Pferd in Ruhe lassen.« Sie schluckte schwer. »Und es sieht ein bisschen aus wie meines.«

Er schüttelte den Kopf. Ungläubig. Sah kurz zu dem jungen Mann hinüber, der immer noch filmte.

»Mädchen, Mädchen! Meine Leute verladen das Pferd jetzt in einen Anhänger und die drei anderen gleich dazu. Das zumindest ist dir gelungen. Es sind allerdings nur vier von fünfzig oder sechzig, die wir jährlich nicht retten können. Die verhungern, schwer verletzt oder Opfer von Verkehrsunfällen werden.«

»Und wo … wo …?«

»Wir haben eine Auffangstation, die überquillt. Aber diese da können mit. Ein Weihnachtsgeschenk, quasi.«

»Kann ich …?«

»Du kannst sicher vorbeikommen, aber nicht heute Nacht. Und wenn du eine angehende Veterinärin bist, kannst du uns vielleicht sogar helfen. Welches Semester?«

»Siebtes. In München.«

»München?«

»Ja, ich … ich studiere da.«

»Du bist eine Jeanne d'Arc aus Bayern, oder was?«

»Ja, aber in Skerries aufgewachsen.«

Wieso musste sie sich dauernd dafür rechtfertigen, Deutsche zu sein, für das Leben ihrer Eltern?

»Okay.« Er wandte sich an den jungen Mann, der soeben herangeschlendert kam und seine Kamera nun gesenkt hielt. »Daniel, da hast du doch eine sehr gute Interviewpartnerin. Wir sehen uns morgen?«

Daniel nickte. Locken ringelten sich unter seiner grauen Mütze, die ziemlich schäbig aussah. »Ja, geht klar. Danke dir.«

»Ich habe zu danken, jede Öffentlichkeit hilft uns.« Liam wirkte auf einmal müde. Er nickte Stella zu, sprach noch ein paar leise Worte mit dem Polizisten und ging. Der Polizist sah Stella prüfend an.

»Würdest du jetzt bitte eine Aussage machen?«

Stella nickte, gab ihre Geschichte zu Protokoll. Erklärte

ihre Beweggründe. Der junge Polizist schrieb mit, stellte ein paar Fragen. Sah immer noch besorgt aus.

»Sollen wir jemanden informieren? Brauchst du Hilfe?«

Stella schüttelte den Kopf. »Ich muss ja auch mein Auto heimbringen, also das meiner Mutter.«

»Ich pass auf sie auf«, sagte Daniel.

»Okay, und bitte verlasst das Viertel. Es wird sich rumsprechen, dass hier ein Rennen gesprengt wurde. Hier gilt Sippenhaft. Wer die Gesetze des Viertels nicht achtet, seine Regeln, ist in Gefahr. Macht, dass ihr wegkommt!«

»Machen wir.« Daniel wandte sich an Stella. »Kannst du fahren oder soll ich besser?«

Sie spürte, dass sie zitterte, jetzt, wo der Adrenalinpegel in ihrem Körper sank. Zudem hatte sie außer einem Donut am Morgen noch nichts gegessen. Und als wäre der junge Mann ein Hellseher, meinte er: »Wir müssen jetzt erst mal was essen.«

Stella reichte ihm den Schlüssel. Er fuhr stadtauswärts.

»Du musst mich aber nicht heimfahren.«

»Hmm. Ich fahr nach Malahide.«

Stella sagte nichts. Eine Weile schwiegen sie. Stella starrte in die Lichter des Gegenverkehrs. Sie zwang sich hineinzusehen, vor ihren Augen tanzte es orange und rot. Lava floss, und Blitze explodierten.

Auch Daniel schwieg, bis er schließlich sagte: »Und da rennst du also mal schnell durch die Straßen von Ballymun und suchst dein Pferd?« Daniel schüttelte den Kopf.

»Nicht mal schnell. Ich wusste von dem Rennen heute. Ich hab recherchiert.«

»Das, du Heldin der Dubliner Nacht, ist mein Job. Recherchieren, filmen, schneiden, texten, damit am Ende ein Beitrag rauskommt, der die Menschen berührt. Der sie betroffen macht. Auch wenn es nur Pferde sind und viele Menschen hier wirklich existenzbedrohende Probleme haben. Weil der keltische Tiger schon lange nicht mehr brüllt, nur noch zahnlos sabbert.«

»*Nur* Pferde?«

»Nicht böse gemeint, aber wenn du keinen Job mehr hast, deine Miete nicht mehr zahlen kannst, selbst nichts mehr zu fressen hast, dann interessieren Pferde eher selten.«

Stella schluckte. »Und du drehst einen Film über Pferdeschicksale?«

»Ja, genauer gesagt, begleite ich Liam bei seiner Arbeit. Auch er wusste von dem Rennen heute. Dein Glück. Stella, *the German*, du hast Nerven!«

»Warum reitet ihr alle drauf rum, dass ich Deutsche bin?«

»Schau dich nur an. Selbst in deiner alten Jeans, deinem viel zu großen Troyer und der Wachsjacke siehst du aus wie das nette Mädchen von nebenan, das aus der guten Gegend. Es liegt in deinen Augen, sie sind zu gut. Und natürlich bist du Deutsche, wenige Irinnen hätten so was gemacht. Außer uralten Tierschutz-Furien vielleicht. Deutsche oder Schweizerinnen haben einen anderen Blick auf Pferde.«

»Ach, ist das jetzt eine gesellschaftskritische Betrachtung über nationale Unterschiede im Tierschutz?«

Er lachte. »Wenn du so willst.«

Inzwischen hatten sie wohl das Ziel erreicht. *Gilberts & Wright* in Malahide.

»Gute Wahl«, sagte Stella.

»Du kennst es?«

»Ja.«

»Gut, ich wohne nämlich in Malahide.«

Komisch, er wohnte in Malahide, war wohl irgendwas Mitte, Ende zwanzig, und doch hatten sie sich nie kennengelernt.

Das Pub war absolut retro, *Kitsch as Kitsch can*, ein Ort, der einen umfing. Einen besseren hätte Daniel nicht auswählen können.

»Du nimmst 'nen Weißwein und eine Veggie-Pizza?«, fragte er.

Sie sah ihn überrascht an, er war wirklich Hellseher.

Er grinste. »Daniel weiß, was Heldinnen brauchen.«

Das war nett. Aber sie war keine Heldin, sie war wirklich saublöde und zitterte auf einmal.

Als Daniel von der Theke zurückkam, brachte er zwei Glas Bushmills mit.

»Trinken!«

Stella gehorchte. Der Whiskey wärmte.

»So, und jetzt noch mal von vorne, erzähl mir die ganze Geschichte.«

Stella erzählte von Paul und Mikey, warum das alles passiert war. Und sie erzählte von ihrer Ankunft damals in Irland, von ihrer Angst in der neuen Schule und dass Puzzle sie geheilt hatte. Von Darragh, von Zoe und Erin und von ihrer Familie: der Airline-Mutter, die eher nebenher Mutter war und mit ihren Töchtern erst etwas anfangen konnte, seit sie älter wurden. Die eher mit Luna auf einer Wellenlänge lag, mit ihr konnte sie shoppen gehen. Stella sprach von ihrem nerdigen Vater, der lieb war, aber weltfremd, weil die Welt nun mal nicht nur binär war. Der schönen Schwester, in deren Kopf nur Mode Platz hatte und die extrem fokussiert auf ihre Ziele zusteuerte. Und Stella gab zu, dass sie eigentlich eher wegen ihrer Freunde und der Pferde heimkam als wegen ihrer Eltern und ihrer Schwester. Warum offenbarte sie sich eigentlich einem fast Fremden?

Daniel lächelte. »Meine Cousine würde gut zu deiner Schwester passen. Kosmetikerin und Nageldesignerin. Außerdem bloggt sie irgendwelchen Kosmetikunsinn. Also gut, ich verstehe dich. Das Pferd war lange dein bester Freund. Ergo müssen wir es finden. Der Dreh- und Angelpunkt ist nicht dieser Darragh, sondern Mikey. Da sollten wir ansetzen.«

»Wir?«

»Sicher wir. Du bist zur Heldin meines Beitrags aufgestiegen. Ich werde dich vor der leeren Koppel filmen, du wirst erzählen, und wir werden diesen Mikey mit Öffentlichkeit mürbe machen.«

Es ging ihm also um seinen Beitrag. Er war Journalist, wahrscheinlich wollte er groß rauskommen. Er sah sich vielleicht schon in der Tradition großer irischer Autoren wie Brendan Behan, Flann O'Brien, Roddy Doyle, James Joyce, Laurence Sterne oder auch Jonathan Swift.

Die Pizza wurde serviert, Stella merkte, dass sie Hunger hatte. Sie aßen eine Weile schweigend.

»Es geht mir nicht um den Beitrag. Es geht mir um dich. Allein machst du doch nur Blödsinn«, sagte Daniel auf einmal.

»Aber …«

»Frauen sagen immer ›aber‹.«

»Und Männer nichts.«

Er lächelte und schob einige seiner Haarsträhnen aus dem Gesicht. In Zeiten gestylter und Side-Cut-geschnittener Frisuren und Rauschebärte waren seine Locken über glatt rasierter Haut fast schon Anarchie. Und die grünen Augen erschienen ihr wie eine Wunschquelle. Jetzt erst fiel Stella auf, wie gut er aussah. Wie Heath Ledger in *Ritter aus Leidenschaft*. Anders als der Mainstream.

»Pass auf, *German*-Aber, ich fahr dich jetzt nach Hause und hol dich morgen wieder ab. Wir machen zuerst einmal diesem Darragh Dampf unterm Hintern, obwohl eigentlich Mikey unser Mann ist. Ich will da ein paar Bilder schießen. Ich hab schon etwas vor meinem inneren Auge. Gib mir mal sicherheitshalber deine Telefonnummer.«

Stella war überrumpelt und sagte ihre Nummer auf, die er in sein Handy eintippte. Dann fiel ihr etwas auf: »Und wie willst du heimkommen? Mein Auto muss in Skerries bleiben, also meine Mutter …«

»Der Meister der Organisation, der Gott der Logistik hat an alles gedacht.« Daniel winkte einem Typen an der Bar zu, der grinsend aufstand. »Ronan fährt uns hinterher und mich dann heim. Alles *easy*.«

Alles *easy*? *Easy* war keine Beschreibung für Stellas Stimmungslage. Aber sie stimmte zu, ließ Daniel wieder fahren. Es wurde immer tagheller, Sweeneys' Haus illuminierte die Nacht. Über den Dachfirst liefen bunte Lichter, von Rot über Orange und Grün nach Blau und Lila. Über das gesamte Dach fielen Lichterkaskaden, um die Fenster waberte ein rosa Schimmer. Die acht Rentiere waren auch Farbwechsler, einzig Rudy blieb weiß, damit man seine rote Nase besser sehen konnte.

»Wow! Haben die ein eigenes Kraftwerk? Da wohnst du?«

»Nein, das sind die Sweeneys, unsere Nachbarn, die jedes Jahr noch ein paar tausend Watt mehr auflegen.«

»Irre!«

Stella lächelte. »Da ist unsere Einfahrt.«

»Auch 'ne nette Hütte.«

Stella sagte nichts.

Daniel stieg aus, Stella ebenfalls. Er gab ihr den Schlüssel. Dann lächelte er und hauchte ihr einen Kuss auf die Wange.

»Sternschnuppe, wir finden dein Pferd. Ich hol dich morgen Vormittag ab.«

Stella starrte Ronans Auto hinterher, als es in der Dunkelheit verschwand. Er hatte Sternschnuppe gesagt! Stellas Herz klopfte wild.

Die Haustür ging auf, ihre Mutter stand darin. Ihre Stimme überschlug sich. »Wo warst du, Himmelherrgott noamol?«

Da blitzte ihre Unterallgäuer Herkunft durch. Trotz Arbeitssprache Englisch und ihrem sonst so gepflegten Hochdeutsch.

»Brüll nicht so! Die Sweeneys interessiert das sicher nicht.«

Stella stapfte die Treppe hoch, an ihrer Mutter vorbei, die rote Backen hatte und richtig wütend aussah.

»Du bist in der Frühe weg und seither nicht mehr aufgetaucht. Mit meinem Auto. Ich hab dich bestimmt zehnmal angerufen!«

»Mum, ihr schlaft doch sonntags alle bis Mittag. Und ihr habt noch ein Auto, oder?«

Luna, die einen hellgrauen, samtig glänzenden Jumpsuit trug, klatschte in die Hände. »Guter Aufritt, Schwesterlein.« Das klang schneidend. »Mum hat sich Sorgen gemacht.«

»Ich bin erwachsen. Schon vergessen?«

»Kommt mir nicht so vor«, sagte ihr Vater mit Weltschmerzstimme. »Warum hast du nicht wenigstens mal zurückgerufen? Wir haben Erin erreicht, die dich aber auch nur vormittags gesehen hat.«

Stella schwieg bockig.

»Es ist wegen dem Gaul, oder?«, fragte Luna.

»Puzzle ist kein Gaul!«

»Das Pferdchen, das herzig gescheckte. Stell, du kannst nicht auf eigene Faust dieses Pferd suchen«, sagte Luna, die auch zur späten Abendstunde auf der heimischen Couch noch perfekt geschminkt war.

»Wer sagt, dass ich allein war?«

»Ja, genau, was waren das für zwei Typen vor unserem Haus?«, tobte ihre Mutter.

»Der Ripper und sein Kumpel.«

»Stella, wirklich!« Vaters Stimme trug das Weltenleid auf ihren Schwingen.

»Pa, tut mir leid. Ich hab die Zeit vergessen, und das Handy war im Handschuhfach. Sorry. Ich geh ins Bett. Gute Nacht.«

Sie hörte noch die erregte Stimme ihrer Mutter auf der Treppe. »Kein Mensch vergisst heutzutage sein Handy. Wie kann sie so mit uns umspringen?«

Stella ging ins Bad, schöpfte sich Wasser ins Gesicht. Sie schlüpfte in den Flanellpyjama. Ihr Herz pochte. Sie hatte ein schlechtes Gewissen. Es gab jede Menge versäumte Anrufe und nicht gelesene SMS. Wieder meldete sich der SMS-Ton. Stella sah auf ihr Handy. Ein Einhorn-Emoji und ein »Das wird schon. Schlaf gut, Sternschnuppe«. Ihr Herz schaltete einen Gang höher.

Vier

Montag, 17. Dezember

Stella wachte immer wieder auf in dieser Nacht. Sie hörte ihre Mutter in der Frühe rumoren, sie rang mit sich, aufzustehen und sich zu entschuldigen. Aber sie ließ es dann doch. Sie zog eine Jeans an und ein langärmliges Shirt, das Luna nicht mal mehr *shabby chic* gefunden hätte. Um neun ging sie hinunter, ihr Vater las die *Irish Times*. Er blickte auf.

»Sorry. Tut mir leid. Aber ich hab wirklich die Zeit vergessen«, sagte Stella.

»Sternchen, wir waren in Sorge. Auch große Kinder bleiben immer Kinder.« Er senkte den Blick wieder auf die Zeitung. Für ihn war der Fall damit erledigt.

Stella machte sich einen Toast mit Erdnussbutter. Sie hatte das Gefühl, es wäre gut, etwas im Magen zu haben. Man wusste ja nicht, was der Tag noch so bringen würde. Die Bauers hatten sich nie für das irische Frühstück mit Eiern und Speck erwärmen können. Schon gar nicht für die fettigen Würstchen, die doch nur wie Sägemehl schmeckten. Oder gar den legendären *black pudding*, der in Form, Farbe und Geschmack einem Eishockeypuck glich. Da waren sie dann doch zu Deutsch. Zudem machte Mum ja immer irgendeine Diät, momentan war es Intervallfasten. Luna schwebte ein, diesmal in einer Jeans mit Glitzer und einem Pullover, den ein Lama mit Glitzeraugen zierte.

»Spuckt es?«, fragte Stella.

»Haha, so witzig heute Morgen. Ich würd den Ball flach halten nach gestern«, raunzte Luna und griff nach einer Tasse. Sie goss sich Kaffee ein und nahm ein paar Seiten von der Zeitung ihres Vaters.

Ein uralter Land Rover Defender röhrte die Einfahrt herauf. Stella ging zum Fenster, es war Daniel. Er winkte ihr zu, während er ausstieg. Stella öffnete die Tür. Eigentlich wäre es ihr lieber gewesen, schnell abzuhauen, aber Daniel stand schon fast im Wohnzimmer. Er nahm die Mütze vom Kopf, überblickte die Lage und ging auf Luna zu.

»*Ladys first*, Luna, nehme ich an. Daniel, ich freu mich.«

Luna wirkte überrumpelt. »Hi.«

Dann wandte sich Daniel an ihren Vater. »Daniel, guten Morgen. Ich muss mich entschuldigen, ich hab Stella gestern so lange aufgehalten.«

»Daniel, aha. Wollen Sie einen Kaffee?«

»Danke, aber wir müssen los, Stella hilft mir bei einem Fernsehbeitrag.«

Da wurde Luna hellhörig. »Fernsehen?«

»Ja, es geht um Pferde. Weniger um Mode. Hat mich wirklich gefreut.«

Stella, die geistesgegenwärtig feste Boots angezogen hatte, einen dicken Pullover und ihre alte Wachsjacke, war neben ihn getreten. »Wir können.« Und an ihren Vater gewandt: »Und ich lass mein Handy den ganzen Tag an, versprochen!«

Stella wusste, dass sich zwei verblüffte Augenpaare in ihren Rücken bohrten, und sie schaffte es, erst im Wagen laut loszulachen.

»Du bist ja echt die Härte!«

»Überrumpelungstaktik und gezielte Höflichkeit wirken Wunder.« Daniel grinste.

»Das wird bei Darragh aber nicht wirken«, sagte Stella düster. »Was hast du nun genau vor?«

Daniel erläuterte ihr, welche Einstellungen er plante, und so standen sie kurz darauf am Zaun der Koppel, und Stella deutete zu den Shettys und dem großen Warmblut. »Da gab es noch zwei Pferde. Puzzle und Rihany. Puzzle war quasi mein Pflegepferd, der süßeste Tinker überhaupt …« Tränen traten in ihre Augen, Daniel filmte. Bis ein Auto heranschepperte. Darragh!

»Was macht ihr da?«

»Filmen«, erklärte Daniel.

»Auf meinem Grund? Stell, hau ab!«

»Wir stehen auf der Straße, das ist kaum dein Grund«, konterte Stella.

»Ihr schaut, dass ihr hier wegkommt! Sonst …«

»Was? Haust du mir in die Fresse? Schießt auf mich? Es gibt Pressefreiheit.« Daniel blieb ganz ruhig. »Und was mich interessiert: Du hast je fünfzig Dollar für die Entsorgung von zwei Ponys bezahlt. An Paul Nolan, der sie seinerseits an Mikey Burns weiterverkauft hat. Magst du dazu was sagen?«

»Wenn ihr nicht sofort …« Darraghs Gesicht war rot wie ein Hummer in kochendem Wasser. »Gib mir die Kamera, du kleiner Scheißer!«

Daniel duckte sich weg, Stella begriff sofort. Sie sprangen in den Land Rover, und mit durchdrehenden Reifen waren sie weg.

»Schöne Bilder«, sagte Daniel nach einer Weile.

Stellas Herz pochte. »Du bist doch bescheuert. Was, wenn Darragh dir die Kamera um die Ohren gehauen hätte?«

»Hat er aber nicht! Apropos bescheuert: Was, wenn dich die Typen gestern Nacht als Dinner genommen hätten?«

Dagegen war wenig zu sagen. Stella maulte trotzdem weiter: »Aber dir geht es um deine blöden Bilder. Ich will Puzzle finden.«

»Will ich auch. Wir fahren jetzt zu diesem Mikey.«

»Aber der ist kein netter Zeitgenosse! Ich mach mir Sorgen. Vielleicht hat der eine Waffe?«

»Glaub ich nicht!«

Wieder einmal ging es stadteinwärts, bei IKEA bog Daniel ab, durchfuhr einige Straßen, bis er vor einem eher unscheinbaren grauen Haus anhielt. Der Vorgarten bestand aus Kies und staubigem Sand, dennoch hatte jemand dort einen ausklappbaren Plastikchristbaum mit scheußlichen Kugeln in Pink aufgestellt. Und zu Stellas Erstaunen standen vor dem Haus ein Polizeiauto und der riesige Liam.

»Aha, *German* Jeanne d'Arc. Hallo.« Das klang gutmütig.

Stella versuchte Daniels Blick zu erhaschen, der aber mit seiner Kameratasche herumfuhrwerkte. Dieser Idiot! Hätte er ihr nicht sagen können, dass die Höhle des Löwen ein Sicherheitsnetz haben würde?

»Du hältst dich im Hintergrund«, sagte Liam zu Stella und klopfte an der Tür, von der der Lack abblätterte. Es passierte nichts. Er hieb stärker dagegen, bis die Tür aufging und ein Männchen von einem Meter und siebzig heraustorkelte, das barfüßig in einer dreckigen, verbeulten Jogginghose und einem labbrigen Unterhemd, das einst wohl mal weiß gewesen war, vor ihnen stand. Gestern Nacht hatte Stella Mikey nicht so richtig gesehen, aber ja, das war er.

»Mikey, harte Nacht gehabt?«, schmetterte Liam. »Du stinkst aus dem Hals wie 'ne ganze Brauerei.«

Mikey blinzelte, erkannte, dass Polizei und eine Kamera vor Ort waren. »Ihr verfickten Arschlöcher, was soll der Scheiß hier?«

Liam blieb cool. »Mikey, ich hab es dir ja schon öfter gesagt, deine illegalen Pferderennen kosten dich noch mal Kopf und Kragen.«

»Was für Rennen?«

»Solche wie gestern!«

»Und das interessiert die Polizei? Dass ich nicht lache! Wegen ein paar Schlachtgäulen?« Er bekam einen Hustenanfall.

Der junge Polizist von gestern Nacht mischte sich ein. »Ach, Mikeyboy, das interessiert uns schon. Vor allem, weil deine Reiter ziemlich große Mengen an Pillen dabeihatten. Die sie an Kinder verticken! Harte Sachen, Mikey, das interessiert uns sogar sehr.«

»Mit Drogen hab ich nichts zu tun!«

»Ach, Mikey, aber einer von denen hat gesagt, er hätte das Zeug von dir.«

»Lügner! Kleine Arschficker.«

»Mikey, du kommst jetzt mal mit. Wir haben auch einen Beschluss für eine Hausdurchsuchung.«

»Ihr verfickten Drecksbullen!«

»Ball flach halten, Mikey! Los jetzt!«

Liam mischte sich ein. »Noch eine kurze Frage, wenn's erlaubt ist. Daniel, du wolltest noch was wissen?«

»Du hast von Paul Nolan zwei Pferde bekommen, zwei Stuten, Tinker und Connemara. Wo sind die?«, fragte Daniel.

Mikey blinzelte, so als würde gleißende Sonne scheinen, dabei sah es eher so aus, als würde es jeden Moment zu regnen beginnen.

Liam sprang erneut ein. »Los, beantworte seine Frage!« Und dieser Zwei-Meter-Kerl machte offensichtlich mehr Eindruck.

»Es ging ein Transport Richtung Galway. Da sind die drauf.«

»Was heißt das?«

»Ich hab sechs Pferde verkauft. Alles ganz legal.«

»An wen?«

»Kenn den nicht näher. Ein *traveller*, der hat sie verladen.«

»Wie heißt der?«

»Die Leute sagen Lorry zu ihm.«

»Nachname?«

»Weiß ich nicht!«

»Was stand auf seinem Trailer?«

»*Lorry's Horses.*«

Liam warf Daniel einen schnellen Blick zu. Daniel tippte etwas in sein Handy.

»Und Lorry, wo ist der hingefahren?«, polterte Liam.

»In den Westen. Sag ich doch. Da ist Mittwoch ein Markt, Pferdemarkt.«

»Westen! Mikey, du Nullnummer. Geografie wäre gefragt! Wo genau?«

Mikey stieß herzhaft auf. »Ich glaub, Maam Cross, also da irgendwo, wo genau, weiß ich nicht.«

»Wer veranstaltet den Markt?« Liam ließ nicht locker.

»*Travellers.*« Er stieß wieder auf und spuckte Liam einen Klops vor die Füße.

»Mahlzeit!«, sagte der nur.

Es war klar, dass nicht mehr aus ihm rauszuholen war. Der junge Polizist drängte zudem zum Aufbruch. Sie führten Mikey ab, Liam schüttelte unentwegt den Kopf.

»Das ist unser Problem. Diese Grauzonen. Diese Schiebereien. Aber wenn Pferde Besitzer haben, können wir wenig machen. Momentan sieht es ja nicht so aus, als wären die beiden Pferde wirklich ausgesetzt worden.«

»Aber sie landen auf einem Markt.« Stella versuchte, ihre Tränen zu unterdrücken. Sie musste die Panik niederkämpfen. Sie wollte stark sein.

Daniel nickte Liam zu. »Wir kriegen raus, wo das ist. Ich ruf dich an. Oder du mich, wenn du was Neues weißt.«

»Ich hab eine Kollegin an der Westküste. Mit ihr nehme ich auch Kontakt auf. Wann soll denn dein Beitrag laufen?«

»Am Dreiundzwanzigsten.«

»Na dann.« Er sah Stella an. »Wird schon, *German.*«

Liam in seinem alten Kangoo und die Polizei fuhren davon, Daniel packte seine Kamera ein.

»Und jetzt?« Stellas Stimme bebte. Ihre Panik ließ sich einfach nicht niederringen. Ihr Würgegriff war zu stark.

»Jetzt fahren wir an die Westküste. Ganz einfach. Vorher muss ich noch ein paar Aufnahmen in Mullingar machen, und dann geht's weiter nach Connemara.« Er musterte Stella eingehend. »Musst du zu Hause noch was holen?«

Stella überlegte. Heute war Montag, der Markt war angeblich am Mittwoch. Ihre Mutter würde durchdrehen. Die Vorweihnachtszeit war ihr heilig. Die ganze Familie würde toben. Dabei taten sie ja eigentlich nichts Besonderes. Aber Anita legte ja schon Wert darauf, dass man neben ihr saß, wenn sie fernsah. Dabei konnte sie das nun wirklich gut allein!

Stella hatte ihren Rucksack seit ihrer Ankunft noch gar nicht ausgeräumt, wie sie überrascht feststellte.

»Nein, ich hab 'ne Zahnbürste und ein Deo im Rucksack. Und drei Slips. Zwei Shirts und zwei Paar warme Socken.«

Daniel runzelte die Stirn.

»Ja, was? Das hab ich immer dabei. Vor allem, wenn ich fliege. Falls das Gepäck nicht ankommt.«

»Kleiner Beischlafkoffer, oder was?« Er grinste. *»Be prepared?«*

»Nein, aber ich hasse es zu stinken, und man kriegt leicht mal nasse Füße, kalte Füße gehen gar nicht.«

Daniel kommentierte netterweise die Slips, deren Vorhandensein erklärungslos geblieben war, nicht weiter.

»Okidoki, ich muss tanken, und dann geht's los. Du solltest vielleicht daheim anrufen?«

Als Daniel in eine Tankstelle einbog, tankte und bezahlte, schrieb Stella eine SMS: »Hallo, ihr Lieben, ich bin ein paar Tage mit Daniel unterwegs. Pa hat ihn ja kennengelernt. Ich bin quasi Kameraassistentin. Ein Pferdefilm. Ich meld mich. Lieben Gruß.« Das klang locker und unverfänglich, beruhigte sich Stella. Sie sendete sie an ihre Eltern und wusste, dass ihre Mutter ausflippen würde.

Daniel kam mit zwei Coffee to go und zwei Sandwiches wieder. »Hast du angerufen?«

»Ich hab 'ne SMS geschickt.«

»*German*, Eltern so abzuspeisen ist schlimmer, als mit einer SMS Schluss zu machen.«

Stella zuckte mit den Schultern. Sie aßen schweigend.

»*Travellers*, du weißt schon, was das heißt?«, fragte Stella, die das nicht gegessene halbe Sandwich wieder einpackte.

»Erst mal heißt das gar nichts, oder bist du Rassistin?«

»Quatsch, aber ich meine …«

»Haben dich deine Eltern vor den Zigeunern gewarnt?«

»Ich weiß, dass man ›Zigeuner‹ nicht sagt und dass sie mit den Sinti und Roma nichts zu tun haben.«

»Genau, sie sind eine soziokulturelle Gruppe aus Irland, die auch in England und den USA lebt. Sie sprechen Shelta, was sich aus irisch-gälischen, englischen und romanischen Elementen zusammensetzt«, erklärte Daniel in dozierendem Tonfall. »Ein Großteil ist längst sesshaft, eine Hochburg liegt am Stadtrand von Limerick, wo es, ja, das gebe ich zu, insgesamt wirtschaftlich nicht toll aussieht. Aber natürlich stimmt es, dass auch eigentlich Sesshafte umherziehen und diverse Dienstleistungen anbieten und ihre Vorstellung von Sauberkeit, Ordnung und Besitz manchmal etwas mit der der Iren kollidiert.«

»Schön formuliert, Herr Professor Daniel. Es gibt aber ein *trespass law*, das verbietet, länger als vierundzwanzig Stunden auf privaten oder öffentlichen Plätzen zu campieren, oder? Und die handeln auch mit Pferden, sie haben Tinker, sie verkaufen die Tiere als Schlachtvieh nach Italien!« Schon wieder empfand Stella ihre Stimme als zu schrill.

»Das werden wir verhindern.«

»Aber, aber …«

»Ja, Misses Aber, natürlich bewegen wir uns da jetzt nicht in Kreisen veganer Akademiker, die ihre eigene kleine Welt retten wollen.«

»Hackst du jetzt wieder auf meiner Familie rum? Bei uns ist keiner Veganer.«

»Das ist völlig egal. Stella, wir müssen cool bleiben und realistisch.«

Stella schmollte eine Weile, bis sie fragte: »Was willst du in Mullingar?«

Daniel lachte schallend. »Das liebe ich an Frauen, längere Schweigegelübde können sie nicht aufrechthalten. Drum gibt es nur Schweigemönche, keine Schweigenonnen.«

»Glaub ich nicht. Es gibt auch Kartäuserinnen.«

»Aber weltweit wahrscheinlich nur drei, und die sterben uns weg.«

Darauf wusste Stella keine Antwort, aber das Geplänkel hatte geholfen, die Fesseln ihrer Anspannung zu lockern. »Mullingar?«

»Ein Freund von mir ist Springreiter, ein absoluter

Pferdefreak. Ich möchte ein paar O-Töne von ihm bekommen, die zeigen, dass Irland nicht die Insel der Pferdeschänder ist. Dass es natürlich den seriösen Umgang mit Pferden gibt. Ich meine, Irland ist *das* Pferdeland, nirgendwo in Europa gibt es pro Kopf der Bevölkerung mehr Sport- und Freizeitpferde. Journalismus bedeutet ja immer auch, alle Seiten zu beleuchten.«

Es waren fünfundfünfzig Minuten vergangen, als sie am Mullingar Equestrian Centre vorfuhren – *die* Topadresse des Pferdesports. Edward Fagan war der Chef d'Equipe des Irish-Showjumping-Teams gewesen, sein Sohn Robert Springreiter auf Grand-Prix-Level, Showspringer, Trainer und Kursbauer. Mullingar war der Nabel der feinen Pferdewelt. Hier herrschte allerhöchstes Niveau.

Es hatte zu nieseln begonnen, Daniel nahm seine Kameratasche, und Stella hastete zur Reithalle. Es roch nach Sand, nach Leder, nach Pferden, der Geruch war ihr so vertraut und machte sie wehmütig. Sie lehnten an der Bande. Ein Weihnachtsbaum funkelte auf den Zuschauerrängen, in der Halle war ein Connemara-Pony zu sehen, auf dessen Kruppe Sternchen prangten. Die kleine Reiterin hatte wohl Schablonen aufgelegt und Silberglitter aufgesprüht. Wie Luna früher!

Sie sahen dem Weihnachtspony zu, das nun mit seiner etwa zwölfjährigen Reiterin auf eine gewaltige Mauer zugaloppierte. Nur die Ohren des Tieres waren hinter dem Hindernis noch zu sehen, dann flog es regelrecht, und seine Reiterin zeigte eine so perfekte Haltung, dass eine Feld-, Wald- und Wiesenreiterin wie Stella vor Neid erblasste.

»Wow! Super, Anna! Diesmal war das Timing perfekt!«

Das kam von einem zweiten Reiter in der Halle. Ein junger Mann auf einem großen Rappen mit einer kleinen Schnippe auf der Nase. Der Rappe trug eine Weihnachtsmütze mit Elchgeweih, die seine aufmerksam spielenden Ohren aussparte. Der Mann musste Daniel entdeckt haben, der die Kamera im Anschlag hatte. Denn er ritt auf das Hindernis zu, ganz kontrolliert, drei Galoppsprünge, dann übersprang das Pferd das Hindernis, als würde es gerade mal einen verlängerten Galoppsprung machen. Das Pferd galoppierte noch eine Runde auf dem Hufschlag, fiel in Trab und Schritt, und schließlich kam der junge Mann am langen Zügel auf sie zugeritten.

»Danni, hi!«

»Noah, ich freu mich. Warum hast du keine Nikolausmütze auf?«

»Den Kleinen ein Vorbild. Da muss ich schon 'nen Helm tragen. Wir üben für eine Weihnachtsshow. Dancer hatte zu Beginn fast einen Herzinfarkt, weil das Elchgeweih an seinem Kopf rumschlabberte. Er ist eine Mimose.« Liebevoll klopfte er den Hals des Rappen.

»Großer Kerl mit Hasenherz, aber gewaltigem Springvermögen«, sagte Daniel in Stellas Richtung. »Darf ich vorstellen, Stella, Noah!«

»Hallo, Stella«, sagte Noah. »Kommt, wir gehen auf die Zuschauergalerie. Die ist geheizt. Ich bring den Burschen nur kurz weg. Tor frei!«

Daniel öffnete ihm die Tür, Noah sprang ab, und das Pferd lief einfach neben ihm her, ohne dass er es geführt hätte.

»Noah hat Dancer schon, seit er ein Fohlen war«, erklärte

Daniel. »Mit der Flasche aufgezogen. Die Pferdemum wollte ihn nicht. Das kommt ja immer mal vor. Bei Mensch und Tier«, sagte Daniel. Da schwang etwas mit in seiner Stimme.

Stella sah dem Pferd und seinem langen, schlaksigen Reiter hinterher, bis sie um eine Hausecke bogen, und folgte Daniel auf die Galerie. Dort gab es Kaffee. Noah kam wenig später dazu.

»Daniel hat erzählt, dass er einen Film über die Tierschutzarbeit dreht. Über ausgesetzte Pferde. Mensch, ja, das dürfte nicht sein.«

»Sagst du das grad noch mal für die Kamera?«, fragte Daniel.

»Ja, klar.«

Noah wiederholte: »Das dürfte nicht sein«, überlegte kurz und fuhr fort: »Es ist auch in der Vergangenheit vieles schiefgelaufen. Wir Iren haben großartige Pferde gezüchtet und verkauft. Unsere Besten siegten in Europa und den USA, anstatt auf der Insel zu verbleiben. Es ging immer um viel Geld, und dann kamen die Goldenen Jahre. Mit dem Aufschwung kauften Leute ohne jedes Pferdewissen Galopper als Spekulationsobjekte, oft begannen ›Züchter‹ ohne Plan und Ziel. Da wurden atemberaubende Summen bezahlt. Tja, und dann stürzten Baulöwen und Banker die Republik in den Abgrund, und keiner hatte mehr Geld für Pferde.«

»Und dann kann man sie einfach aussetzen?«, fragte Stella.

»Das passiert wohl. Ich finde das erbärmlich und absolut indiskutabel. Wenn ein Tier einem über Jahre treu gedient hat, wenn es mein Partner war, dann kann ich es nicht einfach wegwerfen. Wenn, dann muss ich einen Altersruhesitz finden. Aber wenn das Geld fehlt, die eigene Existenz bedroht ist, da mag schon Verzweiflung aufkommen.«

»Pah, die machen es sich einfach. Was ich nicht mehr sehe, das geht mich nichts mehr an!« Stella hatte sich in Rage geredet und völlig vergessen, dass eine Kamera lief.

»Mag sein, aber da ist ja vielleicht auch die stille Hoffnung, dass sich jemand anderes kümmert«, sagte Noah.

»Das hab ich jetzt schon öfter gehört.«

»Stella, schöner Name *by the way*, es liegt vieles im Argen, lag es aber schon vorher. Überall, wo der Mensch Geld wittert, pfuscht er an der Kreatur herum. Nimm das Connemara-Pony. Die haben heute über ein Meter fünfzig Stockmaß, wo sie früher kleiner und kompakter waren. Sie sollen nun schick aussehen, großrahmig sein. Dabei sind ihre Stärken eigentlich die Zähigkeit und das coole Gemüt.«

»Und das sagst du als Sportreiter?«

»Ja, sage ich. Und ich glaube, mein Umgang mit meinem Kumpel, mit Dancer Boy, ist – soweit es geht – fair. Er ist einen großen Teil des Tages auf der Koppel, einige Zuchthengste dagegen stehen nur noch im Stall. Dancer hat eine große Box, die immer gut ausgemistet wird. Er lebt sicher besser als Pferde, die irgendwo auf einer morastigen Wiese ohne Unterstand ihr Dasein fristen. Womit wir wieder bei den ausgesetzten Pferden sind. Manche gehören wahrscheinlich sogar jemandem, aber wie willst du das feststellen? Sie tragen keinen Chip, kein Nichts.«

Daniel filmte die ganze Zeit, Stella hätte ihn am liebsten angepflaumt, aber sie schaffte es, die bösen Worte hinunterzuschlucken. Daniel machte seinen Job als TV-Journalist – und er half ihr. Es war nicht seine Schuld, dass die Welt so war, wie sie war, und der Mensch eine Kreatur, die nur an ihren eigenen Vorteil dachte. Die Wut wich aus Stella, sie fühlte sich nur noch bleiern schwer.

»Kann ich euch denn irgendwie helfen?«, fragte Noah.

»Kennst du Leute im Pferdetierschutz? Weißt du was von Märkten an der Westküste? Pferdemärkten?«, fragte Daniel.

»Ich hör mich mal um. Wir haben nachher ein Meeting wegen unseres Weihnachtsauftritts. Showspringen, Quadrille und so weiter. Ich ruf dich an, Danni!«

»Super. Ich danke dir. Da wäre nur noch eins …«

»Danni, bei dem Tonfall ahne ich Schlimmes.« Noah lachte.

»Na ja, wir brauchen einen Anhänger.«

»Ach nee!«

»Pferdeanhänger.«

»Dass du keinen Kartoffelanhänger willst, war mir klar. Meinen kann ich dir nicht geben, wir haben zwei Weihnachtsturniere auf anderen Höfen, aber wartet: Ich frag Robert.«

Stella kam das alles gänzlich unwirklich vor. »Meinst du, glaubst du …?«, fragte sie Daniel ungläubig.

»Ich meine und glaube. Noah ist nicht umsonst mein Buddy.«

Noah kam zurück. »Du weißt, wo die Military-Strecke am Lough Derravaragh ist?«

Daniel nickte. »Klar, da hab ich dich ja schon mehrfach geschlagen.«

»Daran erinnere ich mich nicht.« Noah lachte. »Jedenfalls steht da ein alter silberfarbener Hänger. Nicht mehr fabrikneu, aber absolut verkehrstauglich. Und er hat den Vorteil, dass ihr da drei Großpferde und locker vier Ponys unterbringen könnt.«

»Super, du bist der Beste!«

»Eher Robert. Er lässt dich grüßen. Kann aber grad nicht vom Telefon weg.«

Daniel war aufgestanden. »Danke. Dann fahren wir mal zum See und dann weiter.«

Noah nickte. »Viel Glück. Stella, das wird schon!«

Daniel verlud seine Kamera, sie fuhren los. Daniel kannte sich augenscheinlich aus.

»Du bist also der Pferdeexperte, oder was?«, stieß Stella nach einer Weile aus.

»Wann ist man schon Experte? Ich hab ein paar Jahre hintereinander bei der Clifden Connemara Pony Show das Springen gewonnen. Jeweils in meiner Altersklasse. Gut, das ist eine Weile her.«

»Du kannst reiten? Und du hast Noah geschlagen? Im Military?« Stella riss die Augen weit auf.

»Sicher.«

Daniel schien Stellas Verblüffung auszukosten. »Sternschnuppe, meine Oma hat Ponys gezüchtet. Sie gehört zu den Legenden. Sie war mit Stephanie Brooks von Errislannan Manor befreundet. Stephanie hatte sechs Kinder, sechs Ponys, und ihr Hof wurde zur Keimzelle eines liebevollen Umgangs mit Pferden. Da wurden Ponys geputzt, sie bekamen jedes einen eigenen Sattel, und man sollte sie lieb haben, nicht bloß benutzen. Das war vielen Iren neu. Es sprach sich rum. Alte Geschichten, meine Oma kann viele solche alten Pferdestorys erzählen. Du kennst doch sicher das Buch *Seahorses*, das Stephanie geschrieben hat?«

Stella nickte. »Ja, ich hab viel daraus gelernt, über Connemara und seine Ponys. Ich wusste vorher nicht, dass man mit Ponys Seetang gesammelt hatte. Es ist ein eindrucksvolles Buch«, sagte Stella.

»Ja, ein großes Buch, und meine Oma hat eben auch sonst viel von Stephanie gelernt.«

»Daniel, ich …«

»Schau, mir liegen Pferde am Herzen, drum mach ich diesen Beitrag. Sie waren Teil meiner Kindheit, sie sind meine Seelentiere. Sie sind telepathische Wesen. Sie müssen leider viel erdulden, noch immer sehen viele Iren das Pferd rein wirtschaftlich, auch die großen Reitbetriebe. Die bekannten *trail rides* wie der Connemara Coast Trail sind ganz auf den amerikanischen Markt zugeschnitten. Und da hängen dann übergewichtige Nicht-Reiter auf dem Rücken der Ponys, die mit schlechten Sätteln und nicht passenden Hufeisen ausgestattet sind, und zerren ihnen im Maul herum. Es ist zum Kotzen. Das darf nicht sein! Connemaras sind freie Geschöpfe des Westwinds, Stella, darum filme ich. Wir können nur aufklären. Immer wieder, immer weiter. Gegen allen Frust, der auch bei mir aufkommt! Aber ich bin immerhin ein Multiplikator.«

»Es tut mir leid.«

»Was tut dir leid? Dass du mir nicht zugetraut hast, reiten zu können? Weil Männer immer Rugby oder *foolish* Football spielen?«

Stella musste grinsen. »Nein, weil ich dachte, dir ginge es nur um deinen Ruhm.«

»Ruhm, geil! Ich befürchte, als kleiner Fernsehjournalist wird es damit nichts. Da müsste ich schon Collin Farrell sein oder Cillian Murphy. Der sieht doch gut aus, oder?«

»Du siehst besser aus.« Das war Stella so rausgerutscht.

»Danke schön. Also, pass auf. Wir fahren zu meiner Oma nach Cong. Dann haben wir auch gleich eine Basis an der Westküste. Wir finden das Puzzle-Pony.«

Sie waren am Parkplatz an der Military-Strecke angekommen, wo tatsächlich der Anhänger stand. Daniel hängte das silberfarbene Ungetüm an. Er musste damit rückwärtsfahren, was Stella total überfordert hätte. Daniel hingegen schien das schon öfter praktiziert zu haben.

Schließlich waren sie wieder auf der Autobahn. Daniels Handy läutete. Daniel nahm das Gespräch an und sagte dann: »Super, Noah. Danke, das ist ein guter Hinweis.«

»Was?«, fragte Stella nach.

»Es gibt wohl im Westen des Landes eine deutsche Frau, die sich an der Grenze des County Galway, man kann sagen: am A… der Welt, um ausgesetzte Pferde kümmert. Sie hat eine kleine Farm gepachtet, irgendwo im Nirgendwo, zwischen einem gefährlichen Moor, das wie ein Irrgarten ist, und windgepeitschten, kahlen Anhöhen. Dort sollen viele Pferde untergekommen sein.«

Fünf

Daniel fuhr schnell, aber defensiv, es war wenig Verkehr auf der M 6.

Galway war größer geworden, Firmen verteilten sich in den *outskirts*, schön war das nicht, wahrscheinlich nicht das, was Touristen in Irland sehen wollten. Bei einem Landmaschinenhändler hatte jemand am Frontlader eines gewaltigen John Deere einen Christbaum befestigt, der über und über mit lila Lametta behängt war. Und am Bürogebäude kletterte Santa Claus die Fassade hoch. Da hatte sich jemand Mühe gegeben, Weihnachtsfeeling zwischen Nebel und Sturm zu zaubern.

Anfangs war es für Stella ein Unding gewesen, Weihnachten ohne Schnee zu feiern. Aber deutsche Winter waren ja auch nicht mehr Frau Holles Tummelplatz, und dann verschob sich Stellas Weihnachtseinstellung komplett, als sie ein halbes Jahr ein Praktikum in einer Tierklinik in Sydney machte. Genau genommen hatte sie gar nicht über Weihnachten bleiben wollen, aber Mum verplante irgendwas mit den Flügen, und so trudelte sie hinein in einen Hochsommer, in dem ihre Kolleginnen ihr einen Weihnachtsbikini aufschwatzten. In dem Shoppingcenter, wo sie immer zu Mittag aßen, stand der wahrscheinlich hässlichste Plastikchristbaum aller Pazifikanrainer. In der Klinik fingen alle schon ab Mitte Dezember an, Geschenke unter den Baum – auch Plastik – zu legen. Und bei Santa! Die Sweeneys waren Weihnachtswaisen gegen die Häuser, die Stella dort gesehen hatte.

Sie wurde zum traditionellen *Carols by Candlelight* in die Oper mitgenommen, vielleicht das schönste Erlebnis ihres Lebens. Auch wenn die Kollegen natürlich Dosenbier der Marke XXXX in der Weihnachtsedition dabeihatten. Am fünfundzwanzigsten Dezember lud sie der Klinikchef ein, und natürlich gab es ein Weihnachts-Barbecue – Grillen war das, was Aussies nun mal am besten konnten. Der Chef besaß einen grandiosen Pool, und Stellas Santa-Bikini war der Renner. Und obgleich sie in sich hineinhorchte, hatte sie kein Heimweh verspürt. Und erstmals gemerkt, dass sie überall auf der Welt zurechtkam. Das hatte sie irritiert, aber auch beruhigt. Sie flog am sechsundzwanzigsten Dezember nach Dublin, der Chef selbst hatte sie zum Airport gefahren. Und ihr angeboten, nach ihrem Studium in Bayern jederzeit in seine Klinik zurückzukommen.

»*You are an amazing young lady,* Stella Bauer«, hatte er gesagt. »*You are enchanting, you are a fairy, but your mind is more adult than the minds of most of my employees.*« Er hatte sie umarmt und Stella ein paar Tränchen verdrückt.

»So still, Stella?«, fragte Daniel nach einer Weile.

»Ich hab grad über Weihnachten in Australien nachgedacht. Ich war 2015 über den Advent und die Feiertage dort.«

»Echt? Ich auch!«

»Wo?«

»In Melbourne. In St Kilda am Strand.«

»Ich war in Sydney. Das ist ja merkwürdig.«

»Nein, ich habe deine Anwesenheit gespürt«, sagte Daniel, als könne man solch markerschütternde Sätze einfach so aussprechen. »Es hat nur etwas gedauert, dass wir uns treffen.«

Daniel fuhr auf die N 84 bis Headford, dann benötigte das Schluckspecht-Auto Nachschub, und Daniel brauchte wohl auch eine Pause. Im Anglers Rest gab es ein kleines Lager für ihn, einen Weißwein für Stella und sehr stark nach Essig schmeckende Chips für beide.

Eine junge Frau mit rabenschwarzen Haaren kam auf Daniel zugestürmt. »Danni, was machst du denn hier?«

»Grandma besuchen.«

»Aha, und wer ist das?« Sie sah Stella an, als sei sie ein Objekt bei einer Auktion, auf das sie zu bieten gedachte.

»Stella. Stella spricht aber kein Englisch. Nur Polnisch. Maggie, wir müssen leider gleich wieder los.« Er zog Stella am Ärmel davon. Diese Maggie sah ihnen entgeistert hinterher.

Stella beherrschte sich mühsam, bis sie im Auto lachend herausplatzte. »Ich sprech kein Englisch? Aber Polnisch?«

»Das war meine Cousine. Die werden wir sonst nie los! Mir ist grad nix anderes eingefallen, und Polnisch kann sie sicher nicht.«

Stella schüttelte den Kopf. »Du hast sie ja nicht alle.«

»Ich bin ganz klar im Kopf. Und nun weiß morgen ganz Headford, dass ich mit einer polnischen Schönheit unterwegs war. Los, wir hauen ab. Ich zeig dir einen Platz, wo wir bei dem Wetter sicher niemanden treffen.«

Schönheit? Er hatte Schönheit gesagt.

Sie fuhren stadtauswärts, rumpelten kurz über einen Feldweg. Es dämmerte, ein magisches Licht lag über der Ebene. Nebel zog auf und umwaberte alte Mauern, so als wollte er diese mit einem weichen Kissen umfangen.

»Ross Abbey. Wenig besucht, keine der Reiseführer-Ruinen.«

Sie hielten an und stiegen aus. Langsam, andächtig gingen sie über uralte Steine.

»Schau, da war das Becken für den Frischfisch, den die Franziskanermönche im Black River gefangen haben«, sagte Daniel gerade.

Stella stand auf einer alten Grabplatte. Für einen Augenblick spürte sie, dass alles gut werden könnte. Weil Daniel bei ihr war. Sie gingen zurück zum Auto, es war dunkel geworden. Stella betrachtete ihren Begleiter von der Seite. Die Mütze, die vorwitzigen Locken, die unter dem Mützenrand abstanden, die Hände auf dem Lenkrad. Er hatte schöne Hände.

Im Radio kam Chris de Burgh. *The Crusader.* Stella sang mit. »*High on a hill, in the town of Jerusalem, there stood Saladin, the king of the Saracens.*«

Daniel grinste und sang die nächsten Zeilen: »*They quarrel too much, the Christians could never unite.* Ganz schön *old school*. Du kannst den Song von de Burgh mitsingen?«

»Mein Vater hört immer die CD. Und außerdem hat de Burgh doch recht: *There is only greed and evil in the men who fight today, the song of the crusader has long since gone away.*«

»Wenn man Kämpfe als Kreuzzüge deklariert, dann müssen sie scheitern. Man kann nicht in Gottes Namen töten. Niemand darf das. Wir hingegen, wir werden siegen. *We are invincible and we will win.*«

Daniel war ein erstaunlicher Typ, er irritierte Stella immer mehr. Er war so anders als die Gockel, die sie in München immer mal umtanzten. Sie hatte dem Gebalze in letzter Zeit nie mehr nachgegeben, die ganze Aufregung um Liebe, Sex und Beziehungen gab ihr nichts. Sie war zwei Jahre lang mit Martin, einem Maschinenbau-Studenten, zusammen gewesen, den sie auf einer Party kennengelernt hatte. Nachträglich musste sie zugeben, dass das vor allem praktisch gewesen war. Er hielt ihr andere Anwärter vom Balg. Sie unternahmen Ausflüge mit dem Rad in Biergärten und in die Berge. Er gab ihr das Gefühl, ein ganz normales Studentenleben zu führen. Sie hatten Sex, was Stella völlig okay fand. Besser als so einige Hinter-dem-Pub-Begegnungen, die in Irland, noch zu ihrer Schulzeit, eben dazugehört hatten.

Aber anders als die meisten ihrer Freundinnen konnte sie dem ganzen Beziehungsgedöns schon damals wenig abgewinnen. Das ganze Wer-mit-Wem, all die Dramen, all der Sex-mit-dem-Ex bei ihren Bekannten – Stella fehlte die nötige Dramatik, um da mitzumachen. Was hatten ihre Freundinnen oft gelitten! Nichts mehr gegessen oder viel zu viel gesoffen – oder beides. Oder Berge von Frustschokolade verdrückt. Stellas Affären und Beziehungen waren an der Oberfläche geblieben. Ein paar Kratzer, mehr hatte sie nicht davongetragen, wenn sie scheiterten. Bisher hatte kein Mann sie da getroffen, wo es wirklich wehtat.

Sie passierten die Zufahrt zu Ashford Castle, das Tor flankierten geschmückte Weihnachtsbäume.

»Da war ich aber schon mal!«, rief Stella. »Wir haben Pas Fünfzigsten hier gefeiert. *Tea time* im Schloss, mit Scones, dazu *clotted cream*. Diese tiefen Fauteuils, der Blick über den See, das war Schlossherrenherrlichkeit auf Zeit. Die Zimmer waren wahnsinnig kitschig, und es gab ein hauseigenes Kino in knatschrotem Plüsch.« Sie überlegte. »Das ist schon acht Jahre her.«

»Wie alt warst du?«

»Fünfzehn.« Stella stutzte. »Wie alt bist du eigentlich?«

»Heute oder vor acht Jahren?«

Stella streckte ihm die Zunge raus.

»Du bist ja echt witzig. Da fährt die Lady quer durchs Land mit einem Mann, dessen Alter sie nicht kennt und dessen Nachnamen auch nicht.«

Das stimmte. Sie wusste nichts von ihm. Und doch so viel. Dass er sein Herz für seine Arbeit öffnete, dass er klug war und irgendwie eine alte Seele hatte. Wie sie selbst auch, oder? Sie wusste, dass in seinen Worten immer etwas sehr Spezielles mitschwang. Und dass er einen sehr hübschen Hintern und wahnsinnig schöne Augen hatte. Sie grinste in sich hinein.

»Nun, darf ich mich vorstellen: Daniel Collin Reid. Studierte Englisch und Journalismus. Ist heute noch achtundzwanzig Jahre alt.«

»Noch?«

»Ich habe demnächst Geburtstag.«

»Wann?«

»Am Vierundzwanzigsten.«

»Was? An Weihnachten?«

»Ja, du kannst dir vorstellen, wie beschissen das ist. Immer nur ein Geschenk. Der einzige Vorteil ist vielleicht, dass wir Iren Heiligabend nicht feiern, sondern alle ins Pub gehen. Und uns vollaufen lassen. In meinem Fall dann doppelt. Für den Geburtstag und für den Weihnachtsmann.«

»Das Christkind. Wir haben ein Christkind.«

Ja, daran hatte sich Familie Bauer auch erst gewöhnen müssen. In Irland gab es Santa und eine ganz andere Einstellung zum gediegenen Fest. Alle Iren kamen vor Weihnachten heim. Oftmals aus den Staaten. Aus Kanada und Australien. Mit allen erdenklichen Verkehrsmitteln. Und am vierundzwanzigsten Dezember ging man in Pubs. Vor allem die familiengeführten hatten selbst an diesem Feiertag geöffnet, denn die Familie war ja dann auch da. So wie bei Zoe und Alex, wo es jedes Jahr am Vierundzwanzigsten zuging wie auf dem Jahrmarkt. Erst am Fünfundzwanzigsten war dann wirklich Weihnachten. Es gab Geschenke für die Kinder. Und das war auch definitiv der einzige Tag, an dem alles geschlossen hatte, es war ein reiner Familientag.

Stella erinnerte sich gut an ein Weihnachten, als Luna ihrer Familie einen neuen Lover präsentieren wollte, Grigor, ein Schweizer, den sie in London kennengelernt hatte und der modelte. Er kam über Rosslare mit der Fähre. Nur leider hatte er nicht einkalkuliert, dass alle Tankstellen geschlossen waren. Und so blieb er unterwegs mit dem Wagen liegen und tauchte am Ende viel zu spät und völlig fertig bei ihnen auf. Er hatte zweimal trampen können, war zehn Kilometer gelaufen, und am Ende griff ihn ein Besucher der Sweeneys auf. Luna war völlig sauer gewesen, sie hatte den Armen die ganze Zeit dumm angeredet. Pa rettete den Abend letztlich mit Männersolidarität und füllte den jungen Mann mit viel Guinness ab. Am Sechsundzwanzigsten hatte Luna dann ein Einsehen, sie blieben danach auch noch ein knappes Jahr zusammen, dann allerdings wurde er Luna zu schweizerisch. Eigentlich ein Treppenwitz, denn seine Eltern waren Armenier.

»Es ist ja immer gut, wenn man genug Grund hat, anzustoßen!«, nahm Stella Daniels Gedanken wieder auf.

»O ja!«

»Und deine Eltern? Leben die auch in Cong?«

»Nein. Meine Mutter ist in Boston.«

»Und dein Vater?«

»Ginge es nach meiner Mutter, könnte ich dir nichts über einen Vater berichten. Ich hab keinen. Also offiziell. Ich war eh die meiste Zeit bei meiner Oma. Aber ich bin schließlich Journalist, ein Meister der Recherche. Ich habe natürlich einen Vater, in Australien, voll das Klischee. Ein Surferboy, inzwischen alternder Surferboy mit Kite- und Surfschule. Ein sehr netter Mann mit netter Familie, alle nicht sonderlich intellektuell, aber liebenswert. Alles gut.«

Stella wusste nicht, wie sie reagieren sollte. In diesen launigen Worten lag viel. Ein langer Weg vor allem. Und sie zog es vor, nichts zu sagen.

»Das mag ich an dir, *German*. Jede andere hätte nun weitergefragt.«

»Wenn du was erzählen willst, wirst du es tun.«

»Meine Mutter wollte kein Kind. Schon gar nicht von einem *Party-One-Night-Stand*. Aber wir Iren sind sehr katholisch. Also erblickte ich das Licht der Welt genau an Weihnachten und verdarb meiner Mutter Pub-Besuch und Fest. Ich war später fast immer bei Oma, Mama musste noch zur Schule, später hat sie studiert. Ich bin bei Phoebe, das ist meine Oma, aufgewachsen. Inzwischen rede ich gerne mit meiner Mutter. Allerdings nur am Telefon und an wenigen Tagen wie Weihnachten oder bei Familienfeiern auch *live*. Sie ist ein sehr intellektueller Typ. Sehr klug. Sehr beherrscht. Sie ist Kuratorin einer Bibliothek in Boston. Und sie wird an Weihnachten auch heimkommen, aber erst am dreiundzwanzigsten Dezember.«

Nun konnte sich Stella eine Frage doch nicht verkneifen. »Und die Oma?«

»Meine Oma? Meine klügste Beraterin, meine liebste Freundin, meine tiefste Verbindung. Siebzig Jahre jung, und ich bete darum, dass sie unsterblich ist.«

Er sagte solche Sätze so leicht. Bei ihm klangen sie richtig. Und sie hallten stark in Stellas Herzen wider.

»Meine Oma ist gestorben«, erzählte sie nun. »Sie fehlt mir so oft. Sie war ganz anders als der Rest der Familie. Mum ist eher hart, Pa geistig meist abwesend, und Luna ist extrem ehrgeizig. Oma war so, so erdig, so echt.«

»Gut, dass du noch genug Zeit gehabt hast, das festzustellen.«

Daniel fuhr über die Brücke, am Ende des Parks von Ashford begann das Städtchen Cong. Auch Cong lag unter weihnachtlichen Girlanden. Und natürlich hatte Stella den Film *The Quiet Man* gesehen, der 1952 hier gedreht worden war. Für ihre Sehgewohnheiten ein uralter Film mit langsamen Bildschnitten. Ein schöner John Wayne und diese Maureen O'Hara, die dem Film so viel Tempo gegeben hatte.

»Maureen O'Hara ist 2015 mit stolzen fünfundneunzig Jahren in Idaho gestorben. Da war was los im Ort! Und im Museum. Oma macht Führungen auf den Spuren des Films, sie ist wahrscheinlich der größte Fan von O'Hara überhaupt. Sie kann jeden Dialog mitsprechen.« Er grinste. »So, da wären wir.«

Das Haus von Daniels Oma war ein weißes Cottage etwas außerhalb des Dorfes, an einer Stichstraße gelegen. Und der Wagen hielt kaum, als aus dem Haus eine Frau stürmte. Stella hatte bei dem Wort »Oma« irgendwie eine andere Vorstellung gehabt. Ihre eigene war eher rundlich gewesen und hatte immer Röcke getragen. Diese Frau war klein, schmal und hatte schulterlange, stufig geschnittene weiße Haare. Sie trug eine Jeans-Latzhose und darunter ein kobaltblaues Shirt.

Sie umarmte Daniel überschwänglich und drückte Stella herzlich die Hand.

»Oma, das ist Stella. Stella, das ist Phoebe.«

»Stella, es freut mich, dich kennenzulernen. Kommt rein.

Wir essen erst mal. Bringt die Sachen nach oben, und dann aber hurtig.« Sie wandte sich an Stella. »Er weiß, dass ich nach achtzehn Uhr nichts mehr esse wegen der Figur.«

Sie sah nicht so aus, als hätte sie je Probleme mit der Figur gehabt.

Oben gab es fünf Türen, die von einem quadratischen Flur abgingen, in dem zwei bequeme Ohrensessel standen, ein Tischchen, ein Bücherregal und ein Wasserspender.

»Nimm das Zimmer geradeaus. Bad *en suite*. Oma vermietet auch als B&B«, erklärte Daniel.

Er selbst verschwand hinter einer anderen Tür. Stella verspürte einen Stich, er hatte wohl gar nicht in Erwägung gezogen … Sie rief sich zur Räson. Sie waren ja wirklich Fremde.

Ihr Zimmer war typisch irisch eingerichtet, viele Kissen, eine gestreifte Tapete mit einer Bordüre unter der Decke, hier allerdings nicht mit Blümchen, sondern mit Pferdesilhouetten. Ein Design, das sich in der Bettwäsche fortsetzte. Auf dem Stilmöbel-Nachttisch mit Marmorplatte lag ein zerlesenes Exemplar von *Seahorses*.

Stella schöpfte sich im Bad etwas Wasser ins Gesicht, sie sah gar nicht so müde aus, obgleich sie sich wirklich zerschlagen fühlte. Als sie wieder unten ankam, war Daniel bereits da, er trug ein frisches Sweatshirt und rückte Stella galant den Stuhl an einem alten dunklen Esstisch zurecht.

»Madame, nehmen Sie Platz!«

Phoebe kam mit einer Platte herein.

»Es gibt natürlich *spiced beef*. Oder isst du kein Fleisch, junge Lady?«

»Doch. In Irland lieber als in Deutschland. Irische Tiere

leben besser. Nicht so oft in Massentierhaltung. Sie sind viel draußen.« Ein Draußen, das im Fall von Puzzle kein guter Ort war.

Stella kam das ganze Unterfangen gerade in diesem Moment so aussichtslos vor. Was tat sie hier? Mit einem Daniel, den sie wirklich kaum kannte, bei dessen Oma, die ihren Enkel bestimmt lieber für sich gehabt hätte. Stella sah sich um. Wärme umfing sie, aus dem Kamin, aber auch eine, die irgendwie in der Luft lag. Die Wände des Raums waren gespickt mit Pferdebildern, in einer Vitrine kämpften Pokale um die besten Plätze.

Phoebe riss sie aus diesen Betrachtungen. »Dieses Tier stammt von Craig, einem Bauer, von dem ich alles Fleisch beziehe. Er ist kein roher Brocken wie so manch anderer. Außerdem sieht er gut aus. Ich starre ihm immer auf den Hintern. In meinem Alter darf man das!«

Eine erstaunliche Frau.

»Du bist also Deutsche?«, fragte Phoebe ohne Übergang.

»Ja.« Kam jetzt wieder etwas über deutsche Invasoren?

»Seltsam. Du hast eine irische Seele. Und du siehst aus wie eine Elfe aus einem Tolkien-Film. So, nehmt euch. Wein oder Bier?«

»Wein«, sagte Daniel.

»Rot oder weiß?«

»Weiß. Weißwein macht klüger, Rotwein melancholischer«, erklärte Daniel lächelnd.

Das Fleisch war exzellent, ein irisches Weihnachtsgericht, das Stella noch nie besser gegessen hatte. Rindfleisch mit Zucker, Gewürzen und Beeren zubereitet, ein Rezept, das

Hunderte von Jahren alt war und aus einer Zeit stammte, als man wertvolles Fleisch auf diese Weise haltbar machte.

Phoebe, die sich generell nicht lange mit der Vorrede aufzuhalten schien, ließ die Gläser zusammenklingen und sagte dann: »Daniel hat mir von eurem Vorhaben erzählt. Also nicht von dem Film, sondern von eurer Suche. Es ist eine Schande, wie Pferde enden. Überall auf der Welt. Ganz schlimm in Südspanien, hört man. Ich habe gelesen, in Deutschland gibt es eine Pferdeklappe?«

»Ja, in Norddeutschland. Ich glaube, seit 2013. So wie eine Babyklappe. Da gibt es eine Koppel hinter Bäumen, da kann man sein Pferd anonym abgeben. Mit dem Anhänger vorfahren, Pferd ausladen, wieder abfahren. Dort stehen auch immer Ponywallache, denn ein Pferd, das hier abgestellt wird, würde alleine ja komplett panisch werden. Eine tolle Frau, die das initiiert hat. Petra Teegen, eine Krankenschwester, die zwanzig Jahre lang in der Onkologie arbeitete. Sie war mal bei uns an der Uni.« Stella nahm einen Schluck Wein. »Sie hat erzählt, dass die meisten Leute vorher bei ihr anrufen. Sich den Schmerz und die Verzweiflung von der Seele reden. Sie brauchen jemanden, der sie bestärkt, ihnen sagt, dass das, was sie tun, mutig ist und das Beste fürs Pferd. Es geht um eine Restwürde. Anders als das hier zu sein scheint.«

»Das glaube ich gar nicht. Ich glaube, die Geschichten gleichen sich. Lebenskonzepte sind hier wie da extrem fragil. Da hast du die Familie, die einen Resthof gekauft hat. Es war ihr Traum, die Tiere neben dem Haus. Beide arbeiten hart, die Kinder sind schon auf den weiterführenden Schulen. Eines Tages steht die Polizei vor der Tür. Autounfall, der Mann tot. Da lastet der ganze Schuldenberg nun auf der alleinerziehenden Mutter, sodass kein Geld mehr übrig ist für zwei Pferde und anderes Getier. Wir haben in Europa ein ganz wackliges Sicherungssystem für Familien. Sobald einer wegbricht, beschleunigt ein so teurer Besitz wie ein Pferd den sozialen Abstieg. Und das passiert in Deutschland genauso wie in Irland.«

»Aber in Deutschland setzt man nicht einfach Pferde aus!«, insistierte Stella.

»Du studierst Tiermedizin. Du musst diese Abwärtsspirale kennen. Man versucht es ja noch lange. Man nimmt den billigsten Stall, man pachtet bloß noch eine Weide ohne Unterstand. Es gibt immer weniger Futter. Manche Pferde landen dann auf einem sogenannten Gnadenhof. Aber es sollte in den Köpfen mal ankommen, dass ein Gnadenhof eigentlich besser geführt sein muss, besseres Futter benötigt, dass alte Pferde einen Mehraufwand an Pflege bedeuten. Noch mehr Geld brauchen.«

»Das hat diese Petra Teegen so ähnlich formuliert. Sie ist keine Verwahrstelle, keine Sammlerin. Bis auf wenige Pferde, die sehr krank sind und einen würdigen Tod erfahren dürfen, finden alle Tiere, die bei ihr abgegeben werden, einen neuen Platz. Und werden nicht ausgesetzt.«

»Du bist beharrlich, liebe Stella. Und jung. Es ist die Aufgabe der Jugend, wütend zu sein. Es ist eure Welt, in der ihr nun noch eine Weile leben müsst. Aber auch du musst die Zusammenhänge sehen. Gerade auch in Deutschland werden viele Tinker verkauft. Es gibt deutsche Händler, die in großem Stil Tinker bei *travellers* billig einkaufen und das Pferd dann in Deutschland für dreitausend Euro plus anbieten. Und darunter sind Pferde, die traumatisiert sind. Schlecht gehalten, schlecht und grob eingeritten. Und dass die in Deutschland oft auch noch ein Sommerekzem kriegen, davon red ich gar nicht! Überall auf der Welt sind die Menschen Schnäppchenjäger.«

Daniel schenkte Wein nach.

»Ja, das stellen wir an der Klinik auch fest«, gab Stella zu. »Billige Schnäppchenpferde, oft aus dem Osten, beim Kauf wahrscheinlich gedopt, kommen zu uns. Die meisten Leute ernähren sich zwar lieber von Knäckebrot, Tütensuppen und Leitungswasser, bevor am Pferd gespart wird, aber Tierärzte und Schmiede können ein Lied singen von all den Rechnungen, die nicht bezahlt oder in Raten abgestottert werden. Wir hören dieses ›Schläfer ihn bitte ein!‹ oft. Doch wenn keine wirklich medizinische Indikation vorliegt, darf und werde ich kein Pferd einschläfern.«

»Deutsche Connemara-Züchter berichten mir, dass Biogasanlagen eben auch die Preise in die Höhe treiben. Kleine Bauern finden keine Pachtflächen mehr, Heu wird zum Luxusgut. Pferde werden immer teurer. Und ja, Stella, ich kann das hier bei uns nicht alles auf die Rezession schieben. Darin liegt auch eine Abgestumpftheit. Aber die ist nicht rein irisch! In Spanien werden Pferde auch ausgesetzt, in den USA nach Mexiko verschoben, um sie dort zu schlachten. Dennoch wird fröhlich weitergezüchtet, auch im Wissen, dass die Tiere nicht verkauft werden können. Es krankt an so vielem.«

»Hast du deshalb aufgehört zu züchten?«

»Nein, ich habe eine kaputte Schulter, ein kaputtes Knie und eine neue Hüfte. Manchmal laufe ich etwas unrund.«

Sie lachte. »Kind, ich bin siebzig Jahre alt, unser letzter Hengst wurde 2015 eingeschläfert. Da war er zweiunddreißig. Und ja, ich durfte die besseren Zeiten erleben. Wir hatten großartige Ponys, große Erfolge, und es ist gut, dass nun andere dran sind. Es gibt für alles im Leben eine Zeit. Ich habe meine Lebensepisode als Züchterin ausgekostet. Außerdem hab ich noch drei Esel. Die kannst du morgen anschauen.«

Phoebe war aufgestanden und kam mit einem Fotoalbum wieder. Sie schoben die Teller zur Seite. Phoebe konnte zu jedem der Pferde eine Geschichte erzählen. Es ging bei keiner der Geschichten um die Erfolge, die das Pferd eingeheimst hatte, sondern um kleine, feine Anekdoten – von Reids Magic Pearl, die unter dem Reiter ihr Zaumzeug ausziehen konnte, oder von Reids Magic Dreamer, der jede Box öffnen konnte. Es gab Bilder von Daniel, auf denen er unter Reithelmen hervorgrinste. In all den Bildern lag Liebe, nicht Ehrgeiz. Sie blätterten und plauderten, Ponyleute unter sich. Stella zeigte ein paar Bilder von Puzzle auf ihrem Handy, es war ihr einige Zeit gelungen, sich zu entspannen, aber die Unruhe kam zuverlässig zurück.

»Ich hoffe, es gibt diesen Markt wirklich«, stieß sie plötzlich aus.

»Ich habe nach Daniels Anruf, dass ihr kommt und warum ihr kommt, ein bisschen rumtelefoniert. Wenn man in Maam Cross die R336 Richtung Maum fährt, dann gibt es vor dem Lough Manwee eine Stichstraße. Da ist der Markt, und zwar in der Tat am Mittwoch. Es handelt sich also nicht um den traditionellen Ponymarkt, der immer am ersten Freitag des Monats im Maam stattfindet. Dort verkaufen wohl auch Privatleute, nicht nur *travellers,* fragt mich nicht, warum gerade da. Es gibt auch Sättel, Zubehör. Da werden wir uns umsehen.«

»Du kommst mit?« Daniel sah sie mit leicht schräg gelegtem Kopf an.

»Natürlich. Wenn sich hier einer in der Region mit Pferden auskennt, könnte ich das sein.« Sie lächelte. »So, ich für meinen Teil gehe zu Bett.«

Sie erhob sich. Man sah, dass sie hinkte. Jetzt stärker als vorher.

»Sie hat abends stärkere Schmerzen«, sagte Daniel, als man die Treppe knarzen hörte.

»Sie ist toll!«

»Ja, ist sie. Und sie hat für ihre Pferde gebrannt. Mit jeder Faser ihres Herzens. Es muss schwer sein, sich von dem zu trennen, was so lange dein Leben bestimmt hat.«

Daniel schenkte nochmals Wein ein, legte auch noch Holz nach. Sie saßen bestimmt dreißig Minuten schweigend da, bevor sie hinaufgingen. Im Vorraum gab Daniel ihr je einen Kuss rechts und links auf die Wange.

Stella lag später wach und überlegte mehr als einmal, zu ihm hinüberzugehen.

Doch sie tat es nicht.

Sechs

Dienstag, 18. Dezember

Stella erwachte um neun. Es war hell, und sie zog sich an und ging die Treppe hinunter. Niemand war zu sehen. Sie drückte in der Küche versuchsweise die Klinke einer Tür, es war die Hintertür, durch die man über eine kleine Steintreppe in den Garten gelangte. Angrenzend gab es einen Sandplatz, und da standen drei herzallerliebste Esel. Ein ganz dunkelgrauer, ein hellgrauer und ein gefleckter. Der gefleckte erhob die Stimme, Stella musste lachen.

»Ich geb dir nichts. Man füttert niemals die Tiere fremder Leute.«

»Kluges Kind«, sagte jemand hinter ihr. Phoebe stand dort und hatte ein paar Karotten dabei. »Guten Morgen, Stella. Du hast die Erlaubnis, sie zu füttern. Ich bin weg, zu einer Freundin. Wir backen Kekse. Sie ist Österreicherin und die wohl beste Bäckerin der Welt. Wir Irinnen sind ja nicht so die Weihnachtsbäckerinnen. Monika sagt immer Loiberl. Das hab ich jetzt sicher falsch betont.«

»Och, das klang gar nicht schlecht. Loaberl, Platzerl«, sagte Stella lachend.

»Ich übe weiter. Servus heißt das doch?« Und weg war Phoebe, schon um die Ecke gebogen.

Stella verteilte ihre Möhren und ging zurück ins Haus, wo Daniel mit einer French Press Kaffee machte.

»Morgen, gut geschlafen?«

»Ja, ich glaube schon.«

»Gut, wir fahren gleich zu dem Platz, wo der Markt stattfinden soll. Vielleicht reisen manche vorher an. Wir drehen auch schon mal ein paar Szenen.«

Das Geräusch des Land Rovers war Stella ans Herz gewachsen. Er hörte sich an wie eine Mischung aus Traktor und Hustenanfall. Er hatte Charakter.

Es begann zu regnen, der Scheibenwischer ächzte und zog eine Schmierspur genau im Sichtfeld. Maam Cross war wirklich wenig mehr als eine Straßenkreuzung. Der Wind zerrte an einem Christbaum vor Peacockes Hotel, eine Bierdose rollerte über die Straße.

»Ich hab hier ein paar echt heiße Partys miterlebt«, meinte Daniel grinsend. »Vor allem vor Weihnachten. Da ist sicher keiner unter zwei oder drei Promille raus.«

»Na prost!«

»Lass uns mal aussteigen.«

»Bei dem Wetter?«

»Ja, ich will Bilder drehen, die dunkel sind, die Depression einfangen. Lauf mal über die Straße.«

Stella tat wie ihr geheißen, auch fünfmal, bis die Aufnahme stand. Es regnete. *Cats and dogs.* Bindfäden. Wasser rann ihr von den Haaren über die Stirn und in die Augen. Missmut überkam sie, mit dem ganzen Wasser floss auch ihr Optimismus in eine der Pfützen. Daniel schien das nicht zu stören.

Sie fuhren etwa einen Kilometer ortsauswärts, wo er Stella noch einmal am Straßenrand entlanglaufen ließ. Wie ein regenschwarzes Band lag die Straße in einer gelbbraunen Landschaft. Connemara, baumlos, grenzenlos und an diesem Tag so trostlos. Wo der Markt sein sollte, war rein gar nichts zu sehen, doch Daniel filmte und wirkte glücklich. Er tropfte wie unausgewrungene Wäsche.

»Gut.«

Was war daran gut?

»Ab ins *Peacockes*.«

Und es wunderte Stella nicht, dass Daniel natürlich den Mann hinter der Bar kannte. Ein paar Touristen, anscheinend Franzosen, unterhielten sich. Daniel verschwand irgendwo und kam mit zwei Lager zurück.

»Bisschen früh für Bier, oder?«

»Es geht auf Mittag zu. Ich hasse Tee. Die *soup of the day* kommt gleich.«

Eine Frau servierte. Riesige Suppentassen mit einer Kartoffelsuppe, dazu dunkles Brot und gesalzene Butter. Sie plauderte mit Daniel. Auf Irisch. Er schien es auch zu können. So wie Erin. Stella konnte nicht mal anständig Bayerisch, weil man bei ihr zu Hause immer Hochdeutsch gesprochen hatte, und Omas Mindelheimer Dialekt war Stella nie erstrebenswert vorgekommen.

»Anna hat mir auch grad bestätigt, dass morgen Pferde verkauft werden. Ein paar Leute, die einen mobilen Sattelshop haben, haben zum Mittagessen einen Tisch bestellt. Wir werden auch da sein.«

Draußen schien ein Bus angekommen zu sein, dessen Insassen nun lärmend den Souvenirshop stürmten. Es waren Deutsche, dem Dialekt nach vor allem Sachsen.

»Reden die Deutsch?«, fragte Daniel leise.

»Na ja, Sächsisch. Ob das Deutsch ist?« Stella grinste.

»Los, wir hauen ab. Es hat aufgehört zu regnen. Wir machen einen Ausflug. Ich zeig dir einen meiner Lieblingsplätze.«

Es war gut, dass Daniel sie ablenkte, das machte das Warten für Stella erträglicher. Sie hoffte so sehr, morgen Puzzle zu finden. Und kämpfte ihr inneres Beben nieder. Was, wenn Puzzle wirklich da war? Sie besaß kein Geld, die Stute zu kaufen. Darüber hatte sie noch gar nicht nachgedacht.

Daniel fuhr zurück Richtung Clonbur, er folgte immer kleiner werdenden Sträßchen. Sie parkten schließlich neben einem Cottage am Fuße des Mount Gable, das wohl nur ein Sommerhaus war. Licht- und Schattenspiele tanzten auf den kahlen Bergen, die wie Dinosaurierrücken emporragten. Ein Pfad führte durch eine stille und kahle Landschaft, ein verwittertes Wanderschild wies darauf hin, dass man sich hier auf einer Etappe des Wild Atlantic Way befand.

Daniel blieb stehen. »Da ist er, der Lough Coolin.«

Es war ein kleiner See, nicht ganz kreisrund, er hatte ausgefranste Kanten. Über seinen schwarzen Wasserspiegel streute die Sonne immer ganz kurz Diamanten, bevor ihn eine neue Wolke noch schwärzer und bedrohlicher machte.

Daniel stapfte weiter, sie durchquerten sumpfigen Grund, bis sie am Ufer des Sees verfallene Cottages erreichten. Von irgendwoher kamen Schafe, die auch an den überwucherten Häusern fraßen.

»Es ist gespenstisch, oder?« Stella fröstelte.

»Bei Sonne ist es freundlicher. Früher haben edle Herrschaften von Ashford hier Picknicks gemacht.«

»Aber diese verfallenen Häuser. Sie sind … sind so …« Stella verstummte. Sie fühlte Kälte. Eine, die von innen kam.

»Ja, die Häuser. Oder was davon übrig ist. *The great famine.* Dieser Weiler hier muss um 1850 komplett entvölkert gewesen sein. Hunger über Jahre, im Februar 1847 kamen starke Schneefälle, die Letzten erfroren, wohl auch noch geschwächt vom Hunger und Seuchen. 1847 hat der Staat die Hungersnot für beendet erklärt, stell dir das vor! Dabei fielen die Kartoffelernten 1848 und 1849 erneut aus.« Daniels Blick war düster. »1841 lebten über acht Millionen Menschen in Irland. 1850 waren es zweieinhalb Millionen weniger.«

Er wies den steilen Hang hinauf. Man sah noch die Terrassen, wo die Menschen dem Berg Anbaufläche für die Kartoffeln abgerungen hatten. Sie waren letzte Zeugen.

»Es war vor allem ein hausgemachtes Problem. Die Engländer, die Irland unter ihrer Knute hielten, besaßen den Boden. Die irischen Bauern bearbeiteten das Land nur als Pächter, bauten darauf Getreide und Kartoffeln an und hielten ein paar Stück Vieh. Getreide und tierische Produkte dienten zur Pachtzahlung an die Großgrundbesitzer, das ging nach England. Die Kartoffeln durften die Iren selbst fressen. Damit ernährten sie die Familie. Bauern mussten fast ausschließlich auf den Anbau der Kartoffel setzen, und eine durchgehende Monokultur ist nun mal extrem anfällig. Eine Million Menschen starb, anderthalb Millionen konnten nach Übersee emigrieren. Es wurde über Jahre gestorben – teils weil die Menschen in ihrer Verzweiflung Tulpenzwiebeln aßen und den Vergiftungen erlagen. Im Haus, an Straßenrändern, in Arbeitshäusern, die doch nur wie Gefängnisse waren, auf den Schiffen, die überteuerte Passagen anboten. *Boatpeople*, Menschen, wie sie heute im Mittelmeer ersaufen. Stella, diese Welt lernt nichts dazu.«

Stella hatte die große Hungersnot natürlich in der Schule durchgenommen, und ihr, der Bayerin, war das alles doch ein Stück weit abstrakt geblieben. Heute aber, hier in den alten Ruinen, war es, als würden ihr die Geister der Familien etwas zuraunen.

»Kennst du eine Familie aus dem Dorf hier? Oder ihre Nachfahren«, fragte Stella flüsternd.

»Nein, aber Grandma vielleicht. Ich komme immer wieder hierher, weil das ein ganz spezieller Ort ist. Weil es hier kaum Touristen gibt, bis auf ein paar Wanderer. Im restlichen Connemara, in den Maumturk Mountains, da gibt es ja längst touristische Rennstrecken. Die Coast Road und die Sky Road sind nicht gerade einsam.«

»Magst du es einsam?«

»Ja, weil dann die Wurzeln der Vergangenheit stärker ins Hier und Heute wachsen. Es ist mein Land, hier fühle ich das besonders stark.«

Stella sah ihn prüfend an. »Und ich fühle, dass ich hier wegmuss. Zurück zu dem großen Stein, wo der Pfad nach unten begonnen hat.«

»Warum gerade dorthin?«

»Weil … weil … es da wärmer war. Hier wird der Wind echt unangenehm. Er dreht sich hier in dem Kessel.«

»Quatsch!«

»Es ist kalt!«

»Natürlich ist es kalt. Es ist Winter. Aber es ist der Stein, den du suchst.«

Stella sah in seine Augen.

»Sternschnuppe, wir sind offensichtlich beide damit geschlagen, dauernd Dinge zu spüren, die anderen verborgen bleiben.« Er lachte.

»Du … du …«

»Stella, du hast es auch.«

»Was?«

»Diese Gabe. Ach, was heißt ›Gabe‹. Es ist normal, ich musste nur lernen, damit umzugehen. Ich wusste, was meine Lehrerin am nächsten Tag tragen würde. Ich wusste, dass unser Nachbar am Sonntag mit dem Fahrrad den Hang hinunterkugeln würde. Ich hatte seinen Ringelpulli gesehen und genau die Stelle, an der seine Schiebermütze dann liegen geblieben ist.«

»Du meinst vorher?«

»Ja. Das konnten viele Menschen, bevor sie nur nach wissenschaftlichen Beweisen suchten. Die Ratio verbietet, auf das Innere zu hören. Hellsichtigkeit, Hellhörigkeit und Hellfühligkeit besitzen wir alle. Die Frage ist nur, wie und ob man das zulässt.«

»Also ich wusste nie, was meine Lehrerin trägt«, sagte Stella zögerlich.

»Sei froh! Als kleiner Bub fand ich das witzig. Mit fünfzehn hat es mir Angst gemacht. Jetzt hab ich mich arrangiert. Und du bist auch eine telepathische Person. ›Fühlen auf Distanz‹ ist die ursprüngliche Bedeutung des Wortes Telepathie. Du hast sehr feine Antennen für Kraftplätze. Wir sind beide so 'ne Art Druiden.« Er lachte.

»Na ja …«

»Komm, es ist gut, das Zweite Gesicht zu haben. Immer dann, wenn das erste vor lauter Hirn und Erziehung versagt. Schau: Die gälische Sprache kennt allein dreizehn Worte für die Umschreibung des Zweiten Gesichts. Früher war es normaler, nicht normal zu sein.« Er lachte wieder. »Nimm den Stein da vorne. Wurde dir warm, als du vorbeigingst?«

Stella nickte.

»Siehst du. Rein rational sind da genauso viel Grad Celsius wie überall. Und der Wind ist dort eigentlich sogar stärker.« Er grinste. »Ja was? Du schaust wie ein Schaf. Man muss nicht eine Druidenkappe tragen oder die Bodhran schlagen oder Misteln auskochen. Ich bin ganz normal, manchmal eben ein klein wenig anders.«

»Ich frage mich nur, was eine Druidenkappe ist.«

»Sei jetzt nicht kleinlich.« Daniel reichte ihr die Hand und zog sie hoch. Hand in Hand gingen sie zurück, bis zu besagtem Stein. Ein Kribbeln durchlief Stellas Körper, als sie ihn berührten. Daniel war sehr nahe, und dann küsste er sie. Ganz leicht nur.

»Sternschnuppe, wir müssen zurück. Es wird dunkel, und Grandma hasst es, wenn jemand in der Dunkelheit draußen ist. Zu viele Geister könnten unseren Weg kreuzen. Komm!«

Er hielt sie an der Hand, bis sie beim Auto ankamen. Und während der Fahrt ließ er seine Hand auf ihrem Knie liegen, bis sie bei Phoebe ankamen.

Stella zog frische Socken an, die anderen trockneten auf der Heizung. Ihre Schuhe hatte sie mit einer alten Zeitung ausgestopft, die sie im Flur fand. Eine touristische Sommerausgabe, die die Vorzüge von Connemara anpries. Die Sky Road an der Küste, das bunte Clifden. Es gab einen Bericht über die Ireland's School of Falconry am Rande des gewaltigen Landschaftsparks von Ashford. Am Geburtstag ihres Vaters waren sie dort gewesen. Stella hatte mit Lima arbeiten dürfen. Ein junger weiblicher Harris Hawk, der Stella mit schief gelegtem Kopf so ansah, als könne er ihre Seele sehen. Dann hob der Vogel ab und kam zurück, landete und erhielt – nun ja, darin lag eine gewisse Entzauberung – einen Hühnerfuß. Der *guide* hatte erklärt, dass jeden Morgen das Gewicht der Tiere bestimmt wurde, weil sie das exakte Fluggewicht brauchten. Wenn sie zu schwer waren, blieben sie am Boden. Wenn sie zu leicht waren, konnte es sein, dass sie zu weit davonflogen. Bei solch einem Ausflug war die Tagesration des Falken auch genau berechnet.

Jedes Mal, wenn Stella den Arm hob – erst zögerlich, dann mutiger –, schwebte die stolze Lima heran. Auf der breiten Parkallee war das ja auch leicht, aber dann standen sie mitten im Urwald alter Bäume. Lima saß erst weit oben und stürzte sich dann in die Tiefe, genau auf zwei Bäume zu. Stella konnte noch heute spüren, wie sie damals erschrocken war, und erinnerte sich, wie sie gedacht hatte, dass die schöne Greifvogeldame dort doch niemals hindurchpassen würde! Doch Lima klappte für einen Sekundenbruchteil die Flügel zusammen und landete punktgenau!

Stella war die Einzige gewesen, die mit einem Falken arbeitete. Luna war erst gar nicht mitgekommen, Mum hatte sich gefürchtet, und Pa war dann lieber bei seiner Frau auf der Zuschauerseite geblieben.

Und nun knüllte Stella die Zeitung zusammen. Der morgige Tag beschwerte ihre Seele und ihre Glieder. Ihr eigenes Fluggewicht erschien ihr zu hoch. Sie schien nicht in der Lage, die Schwingen weit auszubreiten. Daniel hatte gesagt, er wolle etwas am Computer arbeiten. Material sichten. Stella ging hinunter, wo Phoebe augenscheinlich dabei war, in ihrer Weihnachtsdekokiste zu wühlen. In der Ecke stand ein Baum, der gestern noch nicht da gestanden hatte.

»Sag nichts! Er ist unecht. Ich weiß. Nadelt aber nie.« Phoebe hielt Stella einen Frosch mit Strickmütze vor die Nase.

»Der muss an den Baum. Mein Weihnachten ist längst nicht mehr rein irisch. Die Familie ist über die ganze Welt verstreut, diese Kugeln sind aus New York, wahnsinnig hässlich, oder?«

»Ja, extrem hässlich.« Sie waren bedruckt mit einem rotbäckig grinsenden Santa.

»Ich mag die hier.« Phoebe förderte fünf Pferde zutage. Typisch nordische, bunt bemalte Pferdchen, die Glück bringen sollten. Auch sie konnte man mit bunten Bändern an den Baum hängen.

»Ich auch. Sie haben mehr Würde.«

Sie behängten den Baum mit einem bunten Potpourri

aus Tieren und Sternen, und obenauf kam ein Engel, der mit den Beinen baumeln konnte und Ringelstrümpfe trug.

»Eher Pippi Langstrumpf als Engel.« Stella lachte.

»Den hab ich aus Boston mitgebracht. Aus einem Laden, der nur Weihnachtsdeko verkaufte. Größer als jeder Supermarkt in Irland. Ganzjährig!« Phoebe schüttelte den Kopf. »In Irland sehe ich aus dem Fenster den Wald. Ich kann zum See gehen. In Boston wohnen sie in einem Haus mit so vielen Stockwerken, dass es Sünde sein muss, so zu bauen. Den Müll kippen sie im Gang in die Wände. Man muss den Aufzug benutzen, das ist Teufelszeug. Alles ohne Fenster ist Teufelszeug. Und Stella, du schönes Kind, stell dir vor, ich war in Mexiko City in einem Slum, der mehr Einwohner hat als ganz Irland. Mein Herz war völlig aus dem Takt. Es ist nicht gesund, in Häusern zu wohnen, die mehr als ein Stockwerk hoch sind.«

Stella lächelte. »In München wohne ich fast im Souterrain. Ich bin der Erde nahe, ich kann sie riechen.«

»Das ist gut. Kannst du meinen Enkel auch gut riechen?«

Stella sah sie überrascht an. Es stimmte, Daniel war ihr angenehm. Seine Anwesenheit fühlte sich immer gut an. Warm. Wohlriechend. Stella nickte.

»Er ist ein ungewöhnlicher Junge. Und er mag dich. Sehr. Er mag deine innere Schönheit.« Sie lachte. »Wobei er wie alle Männer natürlich von der hübschen Fassade auch stark beeindruckt ist.«

»Na ja, meine Schwester ist die schönere von uns.«

»Das kann ich nicht beurteilen, aber du hast Glück: Du bist schön und klug. Das hat man nicht so oft, das dürfte auch Daniel aufgefallen sein.«

»Ist er, hat er …? Bringt er oft eine Bekannte mit?«

»Willst wohl wissen, ob Daniel ein Womanizer ist?«

»Na ja, ich …«

Phoebe lachte. »Er sieht gut aus. Er ist ein ungewöhnlicher junger Mann. Klar gab es Mädchen. Er hatte auch mal drei Jahre lang eine Freundin. Isabella, sie war ein liebenswürdiger Mensch, aber am Ende war sie zu bürgerlich. Sie wollte heiraten, Kinder, ein Haus.«

»Und das will Daniel nicht?«

»Doch, bestimmt. Wir sind zusammen nach Australien gereist. Er hat so hinreißend mit seinen Halbschwestern gespielt, die waren damals fünf und sieben. Aber Isabella wollte zu viel und zu schnell. Er war damals fünfundzwanzig und nicht bereit.« Sie strich eine Haarsträhne zurück. »So, und nun hilf mir, weiter zu dekorieren. Wir müssen unsere Kräfte bewahren. Schließlich müssen wir dein Pferd finden.«

»Glaubst du, dass wir es finden?« Niemals hätte Stella diese Frage irgendeinem Mitglied ihrer Familie gestellt.

»Wir werden es finden. Ihr werdet es finden. Und noch viel mehr.«

Sie gingen zum Abendessen in Ryans Hotel. Es tauchten immer wieder irgendwelche Menschen auf, die sich zu ihnen setzten. Die österreichische Freundin von Phoebe kam von irgendwoher, sie freute sich, mit Stella Deutsch plaudern zu können. Erzählte von ihrem Weg von Grünau im Almtal über Graz und Wien nach Irland. Sie lenkte Stella ab. Aber der Countdown lief.

Sieben

Mittwoch, 19. Dezember

Stella musste etwas geträumt haben, aber sie erschrak in der Frühe dermaßen, als einer der Esel laut wie eine Schiffssirene trötete, dass sie schlagartig alles vergaß. Ihre Schuhe waren getrocknet, zu Hause hätte sie sich den Luxus einer neuen Jeans gegönnt. Sie hatte vor dem Zubettgehen ihrem Vater nochmals gesimst, dass alles gut sei. Er hatte zurückgeschrieben:

> Deine mutter ist wahnsinnig wütend und enttäuscht, und luna lässt ausrichten, sie wusste immer schon, dass dir pferde wichtiger sind als menschen. Pass bitte auf.

Na, dann war Luna also mal wieder die gute Tochter. Und mit ihrer Mutter vereint in der gemeinsamen Wut. Und Enttäuschung. Das war die Psychokeule, mit der Eltern gerne auf einen eindroschen: *Ich bin ja so enttäuscht von dir, o ja …*

Daniel hängte den Pferdehänger, den er hinter Phoebes Haus abgestellt hatte, wieder an. Niemand sprach auf der Fahrt. Seit Maum gab es auf einmal mehr Jeeps, Trailer, Kleinbusse, die wohl alle dem Markt zustrebten. Ein Parkeinweiser mit orangefarbener Weste dirigierte sie auf eine Wiese, die schon gut gefüllt war. Man hatte Anbindestangen in den Boden getrieben, die Pferde, die dort standen oder gerade aus den Trailern geladen wurden, sahen alle nicht unbedingt schlecht aus. Aber wer verkaufte Pferde auf einem Markt? Doch nur Händler oder Privatleute, die kein Gewissen hatten. Und gleichzeitig wusste Stella, dass auch in Bayern Haflinger und Kaltblüter auf Märkten und bei Auktionen verkauft wurden. Deshalb waren die Besitzer noch lange nicht alle Tierschänder.

Sie gingen langsam all die Reihen ab. Es gab viele Shetlandponys, ein paar Connemaras, vier Kaltblüter, braune Tinker mit weißen Socken. Dazwischen immer wieder provisorische Verkaufsstände mit Werkzeug, Zaunmaterialien und gebrauchten Sätteln. Sie waren am Ende des Marktes angelangt. Da standen auf der anderen Seite der Stangen noch drei Tinker mit ein paar Eseln. Ein braun-weißes Pferd spitzte heraus, eine zweifarbige Mähne – Puzzle! Stella rannte, stürzte fast und stoppte vor der Pferdegruppe. Das Pferd sah Puzzle ähnlich, aber es war ein Wallach und viel größer.

Der Verkäufer schlenderte heran. Ein älterer Mann mit weißem Bart, der sehr gut als Santa hätte durchgehen können. »Na, junge Lady, auf der Suche nach einem Weihnachtsgeschenk? Bobby ist ein ganz Braver. Achtjährig.«

»Nein, ich …« Stella kämpfte mit den Tränen. Phoebe

und Daniel waren ihr hinterhergeeilt, der Verkäufer erkannte, dass sie zu Stella gehörten. Überraschung und dann eine Art Leuchten überzogen sein Gesicht.

»Phoebe, das ist ja schön! Steigst du wieder ein?«

»Nein, Graham. Was machst du hier?«

»Ein paar Pferde verkaufen. Vor Weihnachten geht vielleicht noch was.«

»Was ist das überhaupt für ein komischer Markt?«, fragte Phoebe.

»Na, keiner für High-Class-Züchter wie dich. Ein Zigeunermarkt halt. Aber da kann man auch was Gutes erwischen. Und der Bobby hier ist wirklich ein Guter, die Kleine hat einen exzellenten Blick. Deine Enkelin? Zweitausend Euro, das ist geschenkt!«

Das Pferd namens Bobby scharrte am Boden. Ein kleiner Esel stand neben ihm und drückte sich an seine Flanke.

Phoebe umgab etwas, das Stella vorher noch nie an ihr gesehen hatte. Eine gewisse Härte und doch anziehend. Als sende sie wie ein Magnet Strahlen aus.

»Graham, keine Tausend! Allein, was mich der Hufschmied kostet. Wann hat der zum letzten Mal einen gesehen?«

In der Tat waren die Hufe völlig ausgefranst, die langen Zehen des kleinen Esels sahen noch schlimmer aus. Sie waren auf dem Weg zu Schnabelschuhen.

»Der Esel übt fürs Kasperletheater, oder was?«, fuhr Phoebe fort. »Graham, ich kenn dich doch. Das ist sonst nicht dein Stil.«

»Phoebe, der Esel lässt keinen an sich ran. Der geht dem

Tinker nicht vom Bauch weg. Wie festgeklebt. Und ich hab beide erst ein paar Tage.«

»Ach, und da weißt du, dass er ein Guter ist?«

»Hab ihn longiert. Die Enkelinnen vom Fitzgerald haben ihn geritten. Der läuft prima. Und er ist schnell. Obwohl er gar nicht die Statur dazu hat.«

Phoebe sah sich um. Ging quer über die Wiese, verhandelte irgendwas mit einem Mann, der unter einem verwitterten Sonnenschirm Werkzeuge verkaufte. Kam mit einer Feile zurück, die sie Daniel gab.

»Mach mal das Nötigste.«

Stella war völlig konsterniert. Sie blickte auf das alles wie auf einen Film, bei dem sie als Statistin am Rande des Sets stand.

Daniel ging auf Bobby zu, murmelte ein paar Worte, der Tinker spielte mit den Ohren und ließ sich problemlos den linken Vorderhuf aufheben – Daniel begann zu raspeln. Das Gleiche am linken Hinterbein. Dann rechts hinten, rechts vorne würde es schwierig werden, denn da klebte der kleine Esel, die Ohren nach hinten gelegt. Daniel umrundete ihn mit Sicherheitsabstand und hockte sich vor ihn. Der Kopf des Eselchens ruckte nach oben, das ganze Tier war pure Panik. Daniel sprach ganz leise. Inzwischen waren sie umrundet von Leuten. Man hörte Raunen, Wortfetzen.

»Das ist Phoebe Reid. Und das ist Daniel.«

»Phoebe ist hier.«

Stella hätte nicht sagen können, wie viel Zeit vergangen war, bis der Esel einen zögerlichen Schritt zur Seite machte. Daniel konnte nun den Huf des Wallachs bearbeiten. Als er fertig war, sagte er zu dem Eselchen: »Danke dir, du kannst deinen Platz wieder einnehmen.« Sofort klebte der wieder an der Flanke. Das Raunen verstärkte sich.

Phoebe nickte Daniel zu. Sagte dann zu Graham: »Lass ihn da vorne mal laufen. Zaumzeug?«

Graham förderte eines zutage, das bessere Zeiten gesehen hatte, aber das Gebiss war neu. Daniel legte es an. Flüsterte wieder dem Esel etwas zu, der erneut zur Seite rückte. Daniel sprang auf den Rücken des Pferdes. Bobby hatte vielleicht 1,48 Meter Stockmaß, das war nicht viel, aber die Athletik, mit der sich Daniel hinaufschwang, war faszinierend. Und als zöge der Rattenfänger von Hameln seine Beute hinter sich her, folgte der halbe Markt bis zu einer Freifläche. Daniel ritt im Schritt an, der Esel blieb neben ihm, ließ aber Raum für sein Bein. Daniel ließ den Wallach antraben. Hielt an. Ließ das Pferd aus dem Stand in Galopp springen, was der Tinker brav tat. Und dann fegte er eine Runde bis zum Seeufer und zurück, der Esel hatte Mühe, mitzukommen, schien aber Spaß zu haben, denn er keilte freudig aus.

Vereinzelt gab es Klatschen.

Phoebe wiegte den Kopf hin und her. »Könnte die Hinterhand besser mitnehmen. Den hat noch nie ein guter Reiter geritten.«

»He!« Daniel lachte.

»Bis heute.« Sie wandte sich an Graham. »Achthundert für beide.«

»Phoebe, ich muss heizen, ich brauch Medikamente. Ich …«

Sie zog ihn zu Seite, flüsterte ihm etwas ins Ohr. Graham schien zu überlegen, dann stellte er sich auf einen Hocker.

»Diese Lady, Phoebe Reid, eine der größten Züchterinnen, die diese Insel je gesehen hat, hat eine Frage. Gibt's hier 'nen Lorry?«

Das Raunen flaute wieder auf. Ein Mann wurde nach vorne geschoben. Er nahm sogar seine Mütze ab.

»Lorry?«, fragte Phoebe.

»Yes, Ma'am.«

»Lorry, du hast von Mikey aus Dublin ein paar Pferde mitgebracht. Wo sind die?«

»Gleich da drüben.« Er zeigte auf drei braune Tinker.

»Ich meine zwei Stuten. Ein Tinker, gescheckt, und eine Connemara-Stute.«

»Hab ich nicht.«

»Hast du jetzt nicht? Oder hattest du nie?«

Lorry schwieg.

»Jetzt gib ihr 'ne Antwort«, maulte Graham.

»Ich bin doch kein Jahrmarktsredner«, konterte Lorry.

Phoebe zog ihn zur Seite. Ihr Blick fixierte ihn. Graham scheuchte die anderen Leute weg. Lorry stand eingekeilt zwischen Stella, Daniel, Graham und Phoebe.

»Also?«, fragte Phoebe.

»Ich hab sie rausgelassen.«

»Und das heißt?«

»Rausgelassen eben.«

»Was heißt rausgelassen?«

»Ich war in Loughrea bei 'nem Kollegen. Hab da ein Draft Horse verkauft. Und mir hat jeder gesagt, keiner wolle so alte Stuten. Also hab ich sie rausgelassen.«

»Wo?«

»Südlich von Loughrea.«

»Wie weit südlich?«

»Derrybrien. Irgendwo da.«

Daniel öffnete eine Karte auf dem Smartphone. Er hielt es Lorry unter die Nase.

»Da ist nichts! Der Lough Atorick, sonst nur Moore. Ein paar entlegene Cottages vielleicht. Lorry?« Daniel starrte ihn an.

»Eben. Und da laufen Pferde rum. Erzählt man sich.«

»Wer ist *man*?«

»Die Leute eben.«

»Du hast die Stuten da einfach aus dem Hänger gelassen?«, vergewisserte sich Phoebe.

»Ja, denen fehlt es doch an nichts. Pferde sind Grasfresser.« Er lachte blöde.

»Pass auf, Lorry.« Phoebe strahlte weiter stählerne Härte aus. »Das ist ein Verstoß gegen das Tierschutzgesetz. Und ihr alle«, donnerte sie in die Runde, »wagt es nicht, ein unverkäufliches Tier irgendwo abzuladen. Und keiner von euch verkauft an den dahinten.« Sie zeigte auf einen Mann. »Heute geht hier kein Pferd nach Italien!«

Der Angesprochene grummelte irgendwas, wurde lauter, schimpfte, bezeichnete Phoebe als *old bitch* und verstummte wieder, als zwei Frauen auf ihn zukamen.

»Die sind von der ISPCA«, raunte Daniel Stella zu. »Kolleginnen von Liam. Die eine kenne ich. Die werden sich auch diesen Lorry vornehmen.«

Die Menge zerstreute sich allmählich, Phoebe zog Graham zur Seite.

»Du weißt, ich steh zu meinem Wort.« Dann wandte sie sich an Daniel. »Kauf mal dem Bobby und dem Esel je ein neues Halfter. Was die da momentan drauf haben, damit muss man sich ja schämen.« Dann sah sie Graham an. »Hat der Esel einen Namen? Ist ja wohl eine Eselin.«

Graham schüttelte den Kopf.

»Dann tauf ich sie Stella-Maria. Nach einer Freundin von mir. Stella-Maria von Maam Cross. Etwas Adel schadet ihr nicht.«

Stella hatte die ganze Zeit nur dagestanden, wie einbetoniert, wie festgefroren. Während sie zuhörte, brandeten in ihrem Inneren Wogen auf, liefen am Strand aus, und irgendwo am Horizont bauten sich neue auf. Sie hatte noch nie jemanden so reiten sehen wie Daniel, und sie wusste, dass sie selber nie so reiten würde. Technisch nicht, aber auch nicht mental. Daniel konnte mit Tieren auf eine ganz spezielle Art kommunizieren: Er sponn Fäden zwischen ihnen und sich, die kein anderer sehen konnte. Und auch Phoebe, diese kleine, zarte Frau, hatte diese Gabe, sie strahlte eine Kraft aus, die andere gewaltlos in die Knie zwang.

Stella fühlte sich so geehrt, dass der Esel ihren Namen trug, und gleichzeitig machten ihr Daniel und seine Oma Angst. Sie war ein Nichts neben den beiden.

Daniel kam zurück. Mit zwei Halftern und Führstricken. Das größere warf er Stella zu, die es vorsichtig Bobby anlegte. Der schien wirklich ein stoisches Gemüt zu haben, ein Pferd, das wohl in der Lage war, so einiges wegzustecken. Anders seine Eselfreundin. Es dauerte wieder ein paar Minuten, bis Daniel sie überzeugen konnte. Er zwinkerte Stella zu.

»Ich hab ihr gesagt, dass ihr Rot besser steht als der

braune Fransenlook des Halfters, das sie zurzeit trägt. Weiber!«

Stella blieb sprachlos. Phoebe hatte allen Ernstes Bobby und das Eselchen gekauft.

»Was hast du nun bezahlt?«, fragte Daniel seine Oma.

»Neunhundertfünfzig für beide. Damit er uns wegen Lorry hilft. Und ich wollte diese arme Eseldame haben, aber wenn sie nun mal einen Freund mitbringt.« Phoebe lachte hell wie ein junges Mädchen.

»Wolltest du nicht eigentlich aufhören mit Pferden?«

»Seit der Hengst weg ist, fehlt etwas. Ein Pferd am Haus verträgt es schon. Du kommst ja ab und zu und reitest ihn. Und Stella könnte ihn auch reiten. Wenn sie ihre Namensschwester besucht.« Phoebe lachte nochmals auf. Verschmitzt. »Daniel, hast du gesehen, wie der läuft? In dem schlechten Zustand, in dem er ist? Lass den mal ein bisschen mehr Muskulatur aufbauen, zur Ruhe kommen. Das ist ein Wahnsinnspferd. Ein Kraftwerk. Eventuell setz ich mich selbst mal drauf, der ist eine Lebensversicherung. Und weit mehr wert als neunhundertfünfzig Euro.« Sie kicherte.

Daniel schüttelte den Kopf. »Da ist sie, die alte Zocker-Phoebe! Du hast es nicht verlernt, das Schachern.«

»Ich verbitte mir das ›alt‹, manche haben eben das Gen, zu zocken und zu feilschen. Los, wir verladen jetzt mal. Ich hab Hunger. Ein großer Burger wäre toll.«

Phoebe, die sonst eher aß wie ein Spatz auf Diät, hatte Hunger auf einen Burger?

In dem Moment kam eine der beiden ISPCA-Frauen lächelnd auf sie zu.

»Daniel, ich wusste gar nicht, dass du reitest wie eine Mischung aus Eddie Macken und Dschingis Khan.«

»Weder kann ich unserer Springlegende das Wasser reichen noch dem alten Mongolen. Daphne, ihr seid hier, das ist gut!«

»Ja, wir haben auch Kenntnis von dem Spektakel hier bekommen. Liam lässt dich grüßen. Ist der Wallach«, sie zeigte auf Bobby, »jenes Pferd, das ihr sucht?«

»Nein, wir suchen eine Stute. Aber er ist einer, der soeben einen Hauptgewinn gezogen hat, bei meiner Oma.«

»Phoebe Reid, es ist mir eine Ehre«, sagte die Frau und meinte das offenbar auch so.

»Ganz meinerseits. Haben Sie hier etwas erreichen können?«

»Dieser Lorry kriegt 'ne Anzeige und sicher eine fette Strafe. Wir konnten ein paar potenzielle Schlachtpferde vor dem Weg nach Italien bewahren. Wir haben zwei Stuten mit Fohlen freigekauft. Wie kann man Fohlen zum Schlachter fahren? Quer durch Europa.«

»Kein Tier ist solch ein Monster wie der Mensch«, erklärte Phoebe.

»Daphne, wo Lorry die Pferde ausgesetzt hat, habt ihr irgendwas gehört, ob es da besonders viele ausgesetzte Pferde gibt?«, fragte Daniel.

»Ich bin mit einer Tierärztin dort in der Nähe in Verbindung. Eher wegen misshandelter ehemaliger Greyhounds. Aber es gibt wohl eine Deutsche, die versucht, wilde, halbwilde oder was immer sie sind, Pferde mit Heu zu versorgen. Wir müssten wirklich überall sein. Ich bin auf dem Weg rauf nach Sligo, wo es unhaltbare Zustände in einem

Reitbetrieb gibt.« Sie wirkte müde, sie schlief sicher zu wenig und hatte zu viele Tierschutz-Baustellen zu bewältigen. »Ach ja, die Frau heißt Chris, sie hat eine Homepage, Bogs Animal Rescue oder so. Das findest du raus, Daniel. Ich muss los!« Sie wandte sich nochmals an Phoebe. »Sie waren großartig. Wirklich! Heute hat sonst niemand mehr Courage.«

»Doch, natürlich! Sie selbst zum Beispiel sind couragiert! Mein Enkel hat klaren Menschenverstand, Stella auch. Ihr seid die Jugend. Ihr habt es in der Hand, diese Welt noch zu retten. Und apropos Rettung: Wenn ich jetzt nichts zu essen bekomme, werde ich auf der Stelle sterben.«

»Das wäre schade«, erklärte Daphne lachend und eilte davon.

»Okay, dann zu *Peacockes*. Wir stellen die zwei in den Hänger«, sagte Daniel.

»Und lassen sie drin?«, fragte Stella.

»Und lassen sie drin. Stroh, Heu und definitiv genug Platz. Auf geht's, Bobby Boy.«

Und so marschierten sie in einer Art Triumphmarsch zum Auto, wo Stella die Einstiegsklappe öffnete. Bobby folgte Daniel ohne Zögern, das Eselchen hinterher.

»Willst du sie nicht anbinden?«

»Wozu? Ich fahr ja kein Rennen«, sagte Daniel und schloss die Klappe. Langsam fuhren sie von der Wiese, parkten vor *Peacockes* und gingen ins Restaurant, wo schon wieder Stimmen aufbrandeten.

»Guter Auftritt, Phoebe!«

»Was willst du mit 'nem Tinker?«

»Mit dem Wallach kannst du aber nicht züchten.«

Graham kam an ihren Tisch.

»Ich lad dich zum Essen ein«, erklärte Phoebe.

»Musst du auch!« Er gab sich theatralisch. »Verkauf ich dem Weib ein Pferd weit unter Preis!«

»Graham! Zwei unnütze Fresser weniger. Und was willst du mit einem Psycho-Esel?«

»Stimmt, ist besser bei dir aufgehoben.«

Lacher kamen vom Nebentisch.

Am Ende hatte Graham drei Guinness getrunken und eine Mammutportion Eier mit Speck vernichtet. Als er sich von Phoebe verabschiedete, wurde er nachgerade melancholisch.

Stella fragte nicht nach, wie er mit den verbliebenen Tieren nun wohl heimkommen wollte. Sie war manchmal wirklich zu deutsch!

Phoebe hatte tatsächlich einen Burger verdrückt, bei den Pommes musste ihr Daniel helfen. Die ganze Rückfahrt über erzählten sich die beiden Seinerzeit-Geschichten vom Pferdehandel. Stella fühlte sich ausgeschlossen. Phoebe teilte ihren Paddock in zwei Hälften, um Bobby und Stella-Maria Zeit zum Eingewöhnen zu geben. Die anderen Esel waren wenig beeindruckt, und Bobby sank erst mal auf den Boden, um sich ausgiebig zu wälzen. Ja, er hatte wirklich ein seliges Gemüt!

Sie standen an den Zaun gelehnt, als Stella sagte: »Phoebe, du solltest deinen Tierarzt holen. Die haben beide einen Pilz.«

»Wie?«

»Da, schaut.« Sie deutete auf kreisrunde Löcher im Winterpelz. »Ich bin mir sicher, dass es ein Pilz ist. Die typische

Form. Bei Haarlingen oder anderen Plagegeistern würden sie sich anders kratzen.«

»Du hast einen guten Blick, Stella. Ist mir nicht aufgefallen«, meinte Phoebe. »Kommst du nach Irland, wenn du fertig studiert hast? Wir brauchen hier gute Tierärzte.«

»Ich weiß nicht. Ich …«

»Wir brauchen dich hier, da hat Oma recht«, sagte Daniel.

Stellas Herz machte einen unkontrollierten Hüpfer.

Daniel sah auf sein Handy. »Es ist schon halb drei. Wir sollten fahren, wenn wir noch etwas Licht vorfinden wollen.«

»Du willst heute noch fahren?«, fragte Stella überrascht.

»Die Zeit drängt, oder?«

»Ich hol meine Sachen.«

Als Stella zurückkam, umarmte Daniel gerade seine Oma und versprach, sie auf dem Laufenden zu halten. Dann gab Phoebe Stella einen zarten Kuss auf die Stirn.

»Alles Glück, meine kleine Tierärztin!«

Stella schluckte.

Acht

Daniel fuhr wie immer souverän, der alte Anhänger machte sich ab und zu mit einem Rappeln bemerkbar, wenn er durch ein Schlagloch schepperte. Im Radio lief alles, was zur Vorweihnachtszeit gehörte. Romantik, Kerzenschein, Ruhe, die »stade Zeit«, wie man in Bayern sagte. Doch in Stella war alles in Aufruhr. Daniel schien es überhaupt nicht zu stören, dass sie schweigend neben ihm saß. Ihre Gedanken flatterten umher. Sie war so unsicher wie noch nie, seit sei mit ihm unterwegs war. Sie passierten Athenry, als Daniel begann, *The Fields of Athenry* zu summen.

»Kennst du das Lied?«, fragte er dann.

»Ja, ein Mann stiehlt Getreide, um seine Familie vor dem Hungertod zu retten, und wird nach Australien deportiert. Richtig?«

»*As the prison ship sailed out against the sky*«, summte Daniel. »Und sie steht unter den Sternen, während er entschwindet.« Er sah sie an. »Würdest du das auch tun?«

Stella zögerte kurz. »Wenn er es wert wäre.«

Daniel lächelte und schwieg.

Sie hatte noch nie einem Mann hinterhergetrauert. Hatte nie am Quai des Lebens gestanden und den einen zurückgewünscht. Bisher.

Sie stoppten an einem Pub. Daniel ging hinein, kam wenig später zurück und zuckte mit den Schultern. »Diese Chris ist ein Phantom.«

»Was tun wir jetzt?« Stellas Stimme klang hysterisch. Sie wollte das nicht, aber der Tag in all seinen emotionalen Facetten hatte sie zu sehr erschüttert.

»Weiterfragen.«

In Ballynakill ging eine Frau mit zwei Hunden spazieren, Daniel hielt an und sprang aus dem Auto. Die Frau fuchtelte mit den Händen herum, während sie mit ihm sprach, sie beschrieb wohl einen Weg.

»Und?«, fragte Stella, als Daniel wieder einstieg.

»Wir fragen mal bei *Egan's Bar*.«

Die Bar entpuppte sich als eine Keimzelle der Trostlosigkeit irgendwo im Nirgendwo, doch auch als Bastion in einer Gegend, die dem Wort »Leere« neue Bedeutung gab. Für einen Moment dachte Stella, das Haus würde Daniel verschlucken. Sie fühlte sich wie in einem Roadmovie, das nur in düsteren Bildern gefilmt war. Dann kam Daniel heraus – mit zwei Bechern Kaffee und entschlossenem Blick.

Der Wagen holperte auf dem Weg, der immer schlechter wurde. Schließlich hielt Daniel vor einem Tor, stieg aus und ging zu Fuß weiter. Stella folgte ihm. Zwei Greyhounds kamen herangeflogen wie graue Pfeile. Sie bellten, nicht etwa unfreundlich, aber sie unterstrichen, dass sie aufmerksam waren. Daniel sah sich um.

»Ich würd jetzt ungern über das Tor steigen.«

»Bist du nicht der Tierflüsterer?« Stella merkte selbst, dass das bissig klang.

»Nur bei Pferden. Ich hab dir das schon mal gesagt: Sie sind meine Seelentiere.«

Stella schämte sich, denn auch in der Kürze ihrer Bekanntschaft hätte sie wissen müssen, dass Daniel nichts einfach nur so sagte oder auch nur der schönen Formulierung wegen.

Dunkelheit und nasser Nebel senkten sich herab, als vor ihnen eine Frau auftauchte.

»Chris? Bist du Chris?«, fragte Daniel sofort.

»Ja. Habt ihr euch verfahren? Hier ist ein *dead end*, so was von *dead end*!«

»Wir wollten zu dir. Wegen der ausgesetzten Pferde. Dürften wir reinkommen?«

»Habt ihr auch eins ausgesetzt? Wollt ihr 'ne Absolution?«

»Weder noch. Ich bin Journalist, Stella ist Tierärztin. Wir suchen eher ein Pferd. Oder zwei. Eine längere Geschichte.«

Sie kam zum Tor und schob es auf. Die beiden Hunde schnüffelten. Eher höflich als freundlich. Einer aber drückte sich an Stellas Bein.

»Oh, Just Cheddar hat dich ausgesucht. Ungewöhnlich. Er wurde sehr lange misshandelt. Traut keinem. Dir schon.«

Daniel lächelte. »Hunde gehen auch als Seelentiere.«

Chris runzelte die Stirn. »Ihr seid aber keine Psycho-Freaks oder so was?«

»Nein, wir sind nur in Sorge um Puzzle und Rihany.«

Sie folgten Chris den Weg hinauf.

Im Cottage war es warm, es gab noch fünf Hunde, ein Bordercollie, ein Whippet, drei Greyhounds. Eine Couch war über und über mit bunten Decken und Kissen bedeckt. Über die Couch tobte gerade der Angriff der Killerkatzen. Vier halbstarke Kätzchen kugelten übereinander, jagten die Schwänze der Geschwister. Sie feierten ihr Leben.

Stella fiel auf, dass eins nur ein Auge hatte und einem weiteren die linke Vorderpfote fehlte. Was sie aber beide nicht zu beeinträchtigen schien. Das Dreibeinchen sauste gerade an Stellas Bein hinauf, und seine Krallen reichten immer noch gut aus für eine Katzenakupunktur.

Chris kam mit Kaffee und Plätzchen wieder.

»Bei den vieren wäre ich fast zu spät gekommen«, sagte sie. »Mutter und Kinder in einem Sack an einen Baum gehängt. Alle fast verhungert. Eins hat ein Auge verloren, eins die Pfote. Ich hatte große Zweifel, dass die Mutter überlebt. Ah, da kommt sie ja.«

Eine Schildpatt-Katze kam herangestrichen. Sie hatte sehr gelbe Augen, war hochbeinig und immer noch dünn.

»Katzen verlieren nie ihre Würde«, sagte Stella leise.

»Ja, das stimmt.« Chris lächelte Stella an. »So, und jetzt erzählt mal!«

Daniel nickte Stella zu, und sie begann. Wie sie erfahren musste, dass ihr Puzzle-Pony verschwunden war. Wie sie Daniel getroffen hatte und auf welcher Mission sie nun waren. Dass ihr Weg sie von einem Pferdemarkt in Maam Cross nun hierherführte, weil sie annahmen, die beiden Stuten irrten irgendwo hier in den Boglands herum.

Chris hatte zugehört, ab und zu genickt. »Hier laufen sicher fünf Herden herum, jede besteht aus fünf bis fünfzehn Pferden. Manche schließen sich auch zusammen. Es kommen immer wieder neue Pferde dazu. Die Rangordnung ändert sich ständig. Das interessiert niemanden. Die Tiere bewegen sich auf Kommunalland. Ein Gerücht in der Region besagt, sie gehörten dem alten Cullum, aber nur, weil man es sich bequem macht und die Schuld jemandem zuschieben kann. Cullum ist nach deutschen Maßstäben ein Messie und lebt auf einem völlig verwahrlosten Anwesen. Da rennen auch Schafe rum, Hunde, die wildern. Ich krieg immer wieder mal Katzenbabys, die er irgendwo in den Mooren entsorgt. Wie die da. Wartet mal.« Sie stand auf und holte ihr Handy. Scrollte. »Da! Wo ich die Kätzchen gefunden habe, da waren auch Pferde. Das Bild hab ich letzte Woche gemacht. Anfang Dezember.«

Stella riss die Augen weit auf. »Das ist Rihany. Hundertprozentig. Sie hat diesen schwarzen Fleck auf der Nase. Wir haben sie immer das Nasenpferd genannt! Aber wo ist dann Puzzle?«

»In einer der anderen Herden?« Chris wirkte müde und angeschlagen. »Dein Tinker kann sich einer anderen Herde angeschlossen haben. Da sind so viele. Manche tragen sogar noch ihr Halfter, das in Fetzen runterhängt. Ganz schlimm sind oft die Hufe, herausgebrochene Eisen, Hufe wie Schnabelschuhe. Böse Wunden, entstanden durch Rangordnungskämpfe, ehemals gut behütete Tiere müssen nun ihre alten Instinkte abrufen und wie Wildpferde leben. Rangniedere Tiere haben oft das Nachsehen. Es zerreißt einem das Herz. Und eins ist klar: Sie können nur in der Gruppe überleben.«

Schweigen senkte sich über die drei.

Stella starrte auf das Bild. Rihany zumindest hatte kürzlich noch gelebt, aber Puzzle?

»Mit dem Land Rover sind wir geländegängig. Wir müssen die Region in größerem Radius absuchen«, sagte Daniel.

»Das könnt ihr versuchen. Wir werden Schnee bekommen. Der Klimawandel trifft karge Regionen ungleich härter. Die Sommer werden heißer, die Stechmücken unerträglicher, die Winter strenger. Auch ein von Menschen gemachtes Elend. Ich würde Trump gerne mal einladen, hier den Winter zu verbringen. Ihn und alle Klimawandel-Leugner!« Sie schüttelte unwirsch den Kopf. »Besonders schlimm trifft es die vielen verstoßenen Esel, die mit Kälte und Nässe noch schlechter zurechtkommen. Und es sind viele Fohlen darunter, mit sehr geringen Chancen, den kommenden Hungerwinter zu überstehen.«

»Wir fahren gleich morgen früh los. Gibt es hier irgendwo ein Hotel, Pension, B & B?«

»Das Ritz ist gleich da ums Eck. Das Palace zwei Straßen weiter.« Chris lachte. »Nein, im Ernst. Ihr könnt mein Gästezimmer haben. Das Bett ist bezogen. Meine Weihnachtsgäste kommen erst am Wochenende. Macht es euch bequem. Handtücher sind im Bad auf dem Regal. Ich werde dann mal ins Bett gehen.«

»Wir auch«, sagte Daniel. »Danke, Chris!«

Sie stiegen eine enge Treppe hinauf. Es war ein kleines Zimmer, darin ein Doppelbett, zwei Nachtschränkchen. Daniel war ins Bad gegangen, er kam kurz darauf zurück. Er trug T-Shirt und eine Unterhose. Gott sei Dank keine Boxershorts und auch keinen String. Einfach nur ein Panty in einem schönen Blau.

»Rechts oder links?«

»Was?«

»Na, schläfst du rechts oder links?«

»Egal.«

»Egal gibt es nicht im Leben.«

»Dann links. Also in Blickrichtung Wand. In Fahrtrichtung rechts.«

Daniel lachte auf. »In Fahrtrichtung? Madame, Sie fahren nachts bei Vollmond mit Ihrem Bett übers Firmament?«

»Ja, da wachsen mir dann meine Werwolfzähne.«

»Du bist schlagfertig, Sternschnuppe.«

»Gar nicht schlecht für 'ne Frau, oder was?«, fragte Stella und klang schon wieder etwas aggressiv.

Das ließ er unkommentiert. »Ich denke da immer an eine Szene aus dem US-Fernsehen. Meine Mutter hat mir den Link geschickt. Da gibt es die Szene, wo ein Altrocker, der viel kifft und sich immer gegen Kriege und republikanische Präsidenten engagiert hat, eingeladen ist bei dem erzkonservativen US-Moderator, der natürlich gedient hat und nun eine Prothese trägt. Der Moderator haut gleich mal drauf: ›Sie haben lange Haare, sind Sie ein Mädchen?‹ Der Altrocker überlegt einen Sekundenbruchteil. ›Sie haben ein Holzbein, sind Sie ein Tisch?‹« Daniel grinste. »Ich mag Menschen, die schlagfertig sind.«

Er schlüpfte unter die Decke. Rechts – in Blickrichtung Wand. »Gute Nacht.«

Stella verschwand ihrerseits im Bad. Ihr Herzschlag musste im Nebenzimmer zu hören sein. Ein Bett? Würde sie? Würde er? Stella, redete sie sich gut zu, wie oft hast du schon mit einem Typen in einem Bett geschlafen! Auf Berghütten, nach einer Studi-Fete. Finn, der wirklich gute Freund und Kommilitone, und sie hatten schon öfter auf einem ein Meter vierzig breiten Bett geschlafen. Berührungslos. Warum sollte das mit Daniel nicht auch gehen? Sie kannte die Antwort. Ebenfalls in T-Shirt und Slip kroch sie unter die Decke. Sie dankte dem Himmel, den Druiden und vor allem Chris, die eben auch eine Deutsche war und zwei Oberbetten aufgelegt hatte statt einer durchgehenden Kingsize-Decke. Schlief Daniel schon? Tat er nur so? Stella rutschte ganz an den Rand ihrer Seite und hoffte, dass ihr Herzschlag das Bett nicht zum Vibrieren bringen würde. Und dass sie nicht rausfiel.

Neun

Donnerstag, 20. Dezember

Als sie um sieben erwachte, war Daniel schon weg. Der Morgen zog herauf, das Licht fiel zögerlich in den Raum. Die typischen irischen Klappfenster waren eine Seuche, fand Stella, man konnte sie nicht aufreißen und den Tag begrüßen. Ebenso waren die zwei Wasserhähne in *cold* und *hot* immer dazu angetan, dass man sich entweder verbrühte oder erfror. Ein Hoch auf die Mischbatterie.

Ihre Socken waren getrocknet, zwei Slips auch, die sie gestern noch gewaschen hatte. Man wusste ja nicht, wie lange sie noch unterwegs sein würde. Und auf einmal musste sie lachen: Sie wusch Slips aus, während ihr Herz für einen Typen schlug, der mit ihr im gemeinsamen Bett lag. Sie war eben doch pragmatisch. Und das war gut so, denn wahrscheinlich sah Daniel in ihr eine Art kleine Schwester. Konzentrier dich auf Puzzle, raunte eine Stimme. In der Tat hatte sie für einige Stunden ihre Mission ganz vergessen.

Daniel machte irgendwas an seinem Laptop. Er sah hoch. »Guten Morgen, Sternschnuppe.« Das klang nett, eben wie man zu einer kleinen Schwester sprach. »Hast du mal bei dir zu Hause angerufen?«

»Nein.«

»Schreib mal 'ne SMS. Wenigstens.«

»Ja, von mir aus.« Musste er sie belehren? Aber Stella textete.

Hallo zusammen. Sind in Derrybrien. Chris ist eine deutsche Tierschützerin. Wir suchen immer noch die Pferde. Und filmen. Mir geht es gut. Melde mich wieder.

Das war natürlich, genau genommen, keine Art, die Eltern abzuspeisen, aber das Kind war sicher schon im Brunnen. Ihre Mutter war bestimmt längst zutiefst verärgert. Und der Vater enttäuscht, so enttäuscht …

Chris hatte ihnen Kaffee gemacht. »Ja, ihr solltet keine Zeit verlieren. Es ist bekannt, dass *travellers* Pferde einfangen. Sie haben eine Geschäftsidee erkannt. Sie fangen ausgesetzte Pferde ein und verkaufen sie als Schlachtpferde nach Italien.«

Stella konnte nichts dazu sagen. In ihrem Inneren tobten Bilder, ratterten Filme durch wie bei einem alten Super-Acht-Format, das irgendwann einmal riss.

»Hast du Zaunmaterial? Ein Elektrogerät?«, fragte Daniel auf einmal.

Chris nickte. »Ich glaube nicht, dass du solche Pferde einzäunen kannst.«

»Wir müssen auf alles vorbereitet sein. Darf ich ein paar Heuballen haben? Ich kauf sie dir ab!«

»Du kaufst mir gar nichts ab. Nimm die Ballen! Ihr seid verrückt. Das muss ich unterstützen. Und meldet euch, wenn ihr könnt. Ihr werdet vielleicht nicht überall Netz haben.«

»Klar, machen wir. Was denkst du? Wohin könnten die Pferde gezogen sein?«

»Daniel, wie soll ich das wissen! Vorgestern haben ein paar Typen rumgeballert, im Norden von hier oder auch im Nordwesten. Ich möchte gar nicht wissen, auf was die geschossen haben. Ich denke, die Pferde sind eher nach Süden gelaufen.«

Daniel schaute auf sein Handy. »Dann wären sie über die Straße?«

»Ja, warum nicht? Ich würde – aber bitte seid nicht traurig, wenn das eine falsche Fährte war – Richtung Moor und Richtung Owendalulleagh River suchen. Ich selbst hab kein geeignetes Auto dafür. Ist ein bisschen *rough* dahinten.«

»Passt. Wir melden uns.«

»Passt ihr besser auf! Ihr seid wirklich verrückt.«

Daniel machte ein Victory-Zeichen, lud ein, und sie fuhren vom Hof. Bei *Egan's* bog er ab. Der Weg wurde zusehends schlechter und immer schlechter. Bis er endete. Daniel fuhr noch rund zweihundert Meter, der Anhänger hüpfte und treidelte. Stella litt noch immer unter akuter Sprachlähmung.

»Ich trau mich selbst mit dem Land Rover nicht mehr weiter. Schon gar nicht mit einem Anhänger. Nicht, dass wir aufsitzen. Wir müssen zu Fuß weiter. Vorher bauen wir einen *corral* auf. Wenn wir Pferde finden, können wir nicht davon ausgehen, dass wir sie einfach so verladen können.«

Stella nickte mechanisch.

Sie setzten Stangen und zogen drei Litzen, dann stopfte Daniel ein paar Halfter und die Thermoskanne in seinen Rucksack. Sie gingen los. Sie gingen – ins Nichts.

»Und nun, Sternschnuppe? Rechts oder links? Jeder Fehlversuch kostet uns Zeit.«

Sie standen inmitten eines Hochmoors. Der Boden war gespickt mit Steinen. Man konnte weit sehen und sah doch nichts. Das hier war anders als an der tausendfach zerklüfteten Küste, wo sich kleine Sträßchen zwischen den wild überwucherten Steinmauern schlängelten. Dort gelangte man immer wieder auf eine Halbinsel und konnte ganz vorne an ihrer Spitze in die Gischt starren, wo aufgewühltes Wasser gegen die Küste donnerte. Das war wild, gewaltig und gab einem Kraft. Aber hier standen sie in einem Landstrich, der wie ein Schwamm war. Auf einem Untergrund, der an den Schuhen zog, ja, der Gummistiefel problemlos von den Füßen riss. Stella war froh über ihre schweren Bergschuhe, auch wenn an der Naht mal wieder Wasser eindrang.

Aber diese Landschaft entzog einem auch den Mut, nahm alle Energie. Alles wich, alles moderte. Das Gras war gelbbraun geworden, Erika lag welk über dem Boden, und dazwischen gestreut gab es beinbrecherische Felsbrocken. Als hätte ein Riese Murmeln gespielt. Auf solchem Terrain hatten Connemara-Ponys nur wegen ihrer starken Beine, stahlharten Hufe und dem kurzen kompakten Körperbau überleben können. So wie viele nordische Rassen: Norweger, Isländer …

Eine Windböe kam und zerrte an Stellas Jacke. Sie fühlte sich leer, wortlos, gedankenlos.

Ihr Blick wurde von einer einzigen Esche angezogen. Sie wurde vom Wind gebeutelt. Eine Esche, der Baum der Wikinger? Stand sie in Asgard, und die Wurzeln der Esche reichten hinunter in die Unterwelt? Stella hätte sich die Wikingertugenden herbeigewünscht: Stärke, Mut, Wut … Wo war Odin, der Gott der Weisheit? Wo blieb die Eingebung?

Plötzlich landeten zwei Raben neben ihnen. Lackglänzendes Gefieder, rabenschwarze Schönheit. Odins Huginn und Muninn, Geist und Erinnerung. Und als sie abhoben und in elegantem Flug über eine leichte Anhöhe entschwanden, war es klar.

»Los, zu dem Hügel. Dahinter stehen sie«, rief Stella gegen den Wind.

Sie gingen rasch und doch den Blick stets auf den Boden geheftet. Jetzt durfte keiner von ihnen straucheln. Stellas Atem ging schneller, sie hatte zu wenig Kondition, machte zu wenig Sport in München. Daniel filmte mit seiner Handykamera. Oben auf dem Hügel rekelte sich ein gewaltiger Felsbrocken, der die Form eines Drachen hatte. Dahinter lag eine weitere Ebene, darin ein kleiner See, davor Pferde. Etwa hundert Meter entfernt. Stella zählte. Es waren dreizehn Stück. Am rechten Rand hielten zwei Tiere, die dicht an dicht standen, die Hinterteile in den Wind gestreckt. Selbst von hier oben sah man, wie dünn sie waren.

»Da sind Rihany und Puzzle.« Stella hauchte diese Worte. Sie war erschöpft, und gleichzeitig schoss Adrenalin ein. Daniel warf Stella zwei Halfter und Stricke hinüber. »Wir müssen Ruhe ausstrahlen. Viel Ruhe. Das sind Wildpferde geworden.«

Langsam gingen sie die Anhöhe hinunter, ein Pferd hatte sie wahrgenommen. Es riss den Kopf hoch. Eine große dunkle Stute, hochbeinig mit edlem Kopf, knochig und doch immer noch voller Anmut.

»Das ist die Chefin. Sie müssen wir überzeugen«, flüsterte Daniel.

Seine Geste war klar. Stella sollte zurückbleiben.

Er bewegte sich katzengleich weiter auf die Gruppe zu. Alle Pferde standen nun mit hochgerissenen Köpfen da, bereit für eine panische Flucht. Daniel machte noch einige ganz langsame Schritte. Dann hockte er sich hin. Die große Stute hatte ihren Blick auf ihn geheftet. Der Wind sang ein Lied. Es wehten ab und zu Worte herüber, die wohl Daniel sprach. Und dann machte die Stute einen Schritt auf ihn zu. Er blieb in seiner Position. Sie machte noch einen. Daniel erhob sich in Zeitlupe. Sie blieb stehen. Das Weiße in ihren Augen blitzte hervor. Daniel hatte die Arme ausgebreitet, die Handflächen nach oben. Auch ohne ihn gegen den Wind wirklich hören zu können, verstand Stella, was er sagte: »Komm, meine Schöne!«

Das Pferd tat weitere zögerliche Schritte. Es lag vielleicht noch eine Pferdelänge zwischen ihnen. Dann machte die Stute ihren letzten Schritt. Daniel zauberte einen Apfel aus der Tasche, den er ihr hinhielt. Sie nahm an, sie nahm sein Angebot an. Er klopfte ihren Hals. Legte probeweise den Strick darüber. Nichts geschah. Daniel zog dem Pferd das Halfter über und drehte sich in Stellas Richtung um. Er ging los, und die Stute folgte ihm. Sie kamen näher.

Stella nahm wahr, dass der Rest der Herde augenscheinlich irritiert war.

»Ruf Puzzle. Geh zu ihr. Pass auf die anderen auf«, sagte Daniel ganz leise.

Stella fürchtete, ihre Füße nicht vom Boden lösen zu können, und doch gelang es ihr. »Puzzle.« Der Kopf ruckte. »Puzzle-Pony!«

Puzzle gab ein schoberndes Geräusch von sich, und dann kam sie auf Stella zu. Das Pony trabte. Es lahmte vorne links leicht. Und dann schob es seine Schnauze in Stellas Armbeuge. Der Wind trocknete die Tränen, die weiter und immer weiter flossen. Auch Stella legte ein Halfter um und führte Puzzle in Daniels Richtung.

»Einfach weitergehen. Über den Hügel. Wir müssen zum Auto«, sagte Daniel.

»Die anderen Pferde? Rihany?«

»Sie werden kommen«, antwortete Daniel nur und behielt recht. Diesmal mussten keine Menschen zur Seite treten, um Daniel durchzulassen. Es blieb ein Triumphzug. Die Fäden, die er spinnen konnte, die hatten auch die anderen Pferde erreicht.

Als sie beim Auto angelangten, band Stella Puzzle am Anhänger fest. Daniel musste ihr den Plan nicht erläutern, er lag da, ausgebreitet über die Ebene. Sie waren ein Team, sie dachten im Gleichklang.

Stella verteilte Heu an fünf Stellen in ihrem provisorischen Paddock. Dann führte sie Puzzle hinein. Die kleine Stute begann sofort zu fressen. Daniel kam mit der Leitstute und ließ diese an einem anderen Haufen fressen. Der Rest der Pferde brauchte nicht lange. Rihany trabte zu Puzzle. Es gab ein paar Quietscher, ein paar Tritte, aber dann hatten sie sich auf die fünf Haufen verteilt und fraßen. Daniel löste den Führstrick der großen Stute und trat zu Stella. Sie schlossen den Zaun.

»Ich geb mal Strom drauf. Wir wollen die Pferde ja nicht gleich wieder verlieren.« Dann zog er Stella an sich. »Das haben wir gut hinbekommen, Sternschnuppe.« Er hielt sie fest, sie weinte und weinte und konnte lange nicht mehr aufhören. Als sie irgendwann den Kopf hob, küsste er sie. Diesmal anders als am Lough Coolin. Das war ein echter Kuss. Der Kuss eines Mannes.

»Was machen wir jetzt?«, fragte Stella. »Wohin mit all den Pferden?«

»Ich traue mich nicht, nur zwei oder drei rauszuholen. Ich will Panik vermeiden. Wenn, dann müssen sie alle hier weg. Ich rufe Daphne an. Und Chris.«

Er hatte Netz, seine Worte waren eindringlich. Stella betrachtete die Pferde prüfend. Rihany hatte eine Wunde an der Hinterhand, ein Ponywallach ein völlig verklebtes Auge. Puzzle lahmte leicht, eine Stute wirkte völlig erschöpft. Ihr Fohlen war viel zu dünn und apathisch. Der Leitstute lief ein Sekret aus der Nase, sie alle brauchten dringend tierärztliche Hilfe.

Sie und Daniel standen hier im Nirgendwo, und Stella

spürte, dass das gerade mal der erste Schritt eines steinigen Weges war.

»Okay«, erklärte Daniel. »Daphne schickt uns zwei Pferdeanhänger, sie kennt eine Frau, die eine Koppel mit Unterstand zur Verfügung stellt. Bis die aber hier sind, wird es dauern. Ich glaube, wir versuchen doch, Puzzle, Rihany und die Fohlenstute schon mal hier wegzuholen und zu Chris zu bringen. Das wird aber nur gehen, wenn du die Pferde verlädst und ich die Leitstute ruhig halte.«

»Ich soll fahren? Mit dem Gespann? Ich hab aber gar keinen Anhängerführerschein.«

»Stella, *the German*. Ich glaube, dass sich Verkehrskontrollen hier in Grenzen halten. Du musst ja nur den Feldweg zurück, dann links, rechts, und schon bist du bei *Egan's* auf der Hauptstraße. Du findest doch zu Chris, oder?«

»Ja, aber …«

»Mach es. Ich kann hier nicht weg. Versorg die Pferde bei Chris, dann fährst du zurück zu *Egan's* und wartest dort auf die zwei Anhänger. Mach jetzt!«

Zehn

Die Klappe des Anhängers war schon unten. Stella überlegte kurz. Dann ging sie zu Puzzle und führte sie vom Heu weg. Puzzle folgte ihr willig. Das Pony stockte nur kurz an der Rampe, dann ging es hinauf. Stella band es fest, flehte, dass es sich nun nicht losreißen würde, und holte Rihany. Die Fohlenstute war unwilliger. Aber ihre Lust auf Karotten war so groß, dass Stella das Halfter anlegen konnte. Die ganze Zeit über redete Daniel auf die Leitstute ein. Die tänzelte, als sie sah, dass ein Teil ihrer Herde nun fehlte. Sie schwankte zwischen Vertrauen zu Daniel und ihren Aufgaben als Leittier der Wildpferdeherde.

Nun kam es drauf an: Sie mussten schnell die Strombänder öffnen, die Stute rausführen. Das Fohlen kam gottlob mit. Bänder erneut schließen und zum Anhänger. Wenn jetzt Puzzle oder Rihany auskeilte, wäre alles vorbei.

Die Stute ging über die Rampe, Stella hatte die Pferde seitlich angebunden. Rihany legte die Ohren an angesichts der engen Nachbarschaft, schnappte kurz ins Leere und fraß weiter. Und plötzlich hüpfte das Fohlen seiner Mutter hinterher. Stella schaffte es irgendwie, die schwere Klappe zuzumachen.

Sie setzte sich ins Auto und sah zu Daniel hinüber, den sie nun allein lassen musste. Sie startete den Land Rover, die Gänge waren ungewohnt. Wie auf rohen Eiern fuhr sie los. Der Weg war ausgefahren, der Anhänger setzte auf. Die Panik stieg in Wellen in ihr hoch. Stella sprach sich selbst Mut zu. Ruhig bleiben! Atme! Schau nach vorne! Ruhig!

Mit einigen gewaltigen Hopplern kam sie auf den Teil des Weges, der in besserem Zustand war, und schließlich auf Asphalt. Sie steuerte auf Chris' Hof zu, das Tor stand offen. Chris kam angerannt.

»Ich habe vier Pferde da drin. Die anderen, Daniel …«

»Alles klar. Ich hab mit ihm telefoniert. Du musst rückwärts an den Zaun fahren, dann lassen wir sie hier auf den Paddock.«

»Rückwärts?«

»Ich kann mit Anhänger überhaupt nicht rückwärts Auto fahren. Stella, du schaffst das.«

Warum glaubten alle, sie würde das schaffen? Man musste verkehrt herum einschlagen. Man musste sich konzentrieren, theoretisch wusste sie das alles. Man musste – es tun!

Und schließlich stand der Hänger, wenn auch etwas schräg. Sie öffneten die Klappe, die Pferde traten über die Rampe.

»Das Fohlen sieht nicht gut aus«, stellte Chris fest.

»Nein, es bräuchte eine Infusion.«

»Hab ich da. Ich hab alles da. Du bist die Tierärztin.«

Stella war keine Tierärztin, aber sie war auch kein Pferde-

Cargo-Unternehmen, das durch wüste Schlaglöcher manövrierte. Und hier war sonst niemand.

»Hast du auch einen Entzündungshemmer?«

»Ich bring mal alles, was vorrätig ist.«

Und so arbeiteten sie Hand in Hand. Puzzle bekam ein entzündungshemmendes Pulver für den dicken Fuß, Rihanys Wunde hatte Stella notdürftig gesäubert und ein Antibiotikum gespritzt. Dem Fohlen legte sie eine Infusion.

Chris hockte neben ihm und hielt den Beutel.

»Hau ab«, wies sie Stella an, »ich hab das hier im Griff. Alles Gute.«

Stella chauffierte erneut zum Pub. Hierher sollten die beiden anderen Anhänger kommen. Hoffentlich bald!

Sie nahm sich noch die Zeit, gleich zwei Paar trockene Socken anzuziehen. Ihre Zehen waren Eisklötze. Ein Paar würde vielleicht die Nässe im Schuh aufsaugen, das andere ihre Zehen wärmen. Zwei Pferdeanhänger bogen ein, Stella sprang aus dem Wagen. Eine Barbara und eine Michelle stellten sich vor, beide waren um die fünfzig und sahen sturmerprobt aus.

»Fährst du vor?«, fragte Barbara. »Wir folgen.«

»Ja, klar.«

Sie glichen einer schwankenden Karawane, aber alle drei Gespanne erreichten den Notpaddock. Sie verloren keine unnötigen Worte. Alle wussten, dass die Zeit und die Dunkelheit nicht ihre Komplizen waren. Für Stellas deutsches Nervenkostüm war die Verladelogistik grenzwertig. Die Leitstute und der große Wallach landeten in einem Anhänger. Die Shettys passten in den zweiten Anhänger der Tierschutzfrauen, drei Connemaras und ein Pferd undefinierbarer Rasse mussten sich den alten Anhänger hinter dem Land Rover teilen.

»Wohin fahren wir jetzt?«, fragte Daniel, als alle bereit waren.

»Unweit von Kinvara. Wir können die Pferde dort in jedem Fall eine Weile unterbringen. Lasst uns starten«, sagte Barbara, die anscheinend durch nichts zu erschüttern war.

Stella saß neben Daniel, und auf einmal begann sie zu zittern. Einfach so. Unkontrollierbar.

»Trink einen Tee, Sternschnuppe!«

Der Tee war lauwarm und süß. Das Zittern blieb.

»Mir ist gar nicht so kalt. Ich weiß auch nicht. Ich …«

Daniel legte seine Hand auf ihr Knie. »Wir waren gut. *We are invincible.* Stella, *the German*, du bist und bleibst eine Heldin.«

»Nein, ich hatte Angst.«

»Helden sind die, die die Angst besiegen.«

Stella konnte für den Moment nicht reden, sie war froh, einfach nur neben Daniel zu sitzen.

Sie passierten schließlich Dunguaire Castle, genau genommen ein Tower House aus dem 16. Jahrhundert. Eine Vorzeigeruine, von James Joyce im *Ulysses* verarbeitet, in Filmen und Werbung als Kulisse malerisch in Szene gesetzt. Stella kam das alles so unwirklich vor. Sie war gerade eben einem Moor entkommen, das sie aufzusaugen schien. Und nun gab es bunte Häuser, die Ruine, den Meeresarm dahinter. Es gab ihr das Leben zurück.

»Wir sind entkommen«, sagte Daniel und drückte ihr Knie stärker. Er konnte hellsehen, aber auch das wusste sie längst.

Sie fuhren auf einen Hof, wo sie die neun Pferde auf eine ummauerte Weide ließen. Es gab ein halbrundes offenes Zelt, und es gab Heu. Ein Mann in Gummistiefeln kam angelaufen, der Ehemann von Barbara, ein Tierarzt, wie sich herausstellte.

»Joseph, also Joe. Hallo, was habt ihr denn da angeliefert?« Er klang gutmütig.

»Der braune Wallach braucht dringend eine Augensalbe. Das eine Shetty hat sicher Cushing, und die große, schöne Stute hat ein Ekzem. In dem Fall kein Pilz, eher Haarlinge, also, glaube ich.«

Daniel lachte auf, Joe sah Stella interessiert an.

»Eine Kollegin?«

»Eine angehende«, antwortete Stella und fühlte sich gut. Sie hatte so gehadert in den letzten Tagen, Ängste niedergerungen, aber nun fühlte sie sich sicher in dem, was sie tat.

»Wenn du mal einen Job brauchst, melde dich. Eine junge Dame, die Schnelldiagnostikerin ist, brauch ich.« Er lachte. »Ich stimme dir zu. Die Augensalbe hol ich sofort, die kannst du gleich mal einbringen. Den anderen nehm ich morgen Blut ab. Wir sollten sie erst mal zur Ruhe kommen lassen.«

Stella nickte ihm dankbar zu.

»Hast du morgen sonst was vor?«, fragte sie dann. »Wir haben noch vier andere Pferde verfrachtet. Sie sind bei Derrybrien. Ein Fohlen ist dabei. Es bekommt zwar eine Infusion, aber es geht ihm sehr schlecht.«

Joe zwinkerte Daniel zu. »Wenn so eine kompetente Kollegin ruft, die auch noch aussieht wie eine Elfe, dann komm ich natürlich. Aber jetzt: Ihr seht alle aus, als hättet ihr Hunger, oder?«

Das stimmte. Sie waren den ganzen Tag auf den Beinen gewesen. Hatten Dämonen besiegt. Das zehrte.

»Pub oder Pizza?«

»Pizza«, antwortete Daniel.

Stella versorgte den Wallach noch mit Augensalbe, Daniel filmte ein wenig und machte Interviews mit Barbara und Joe, dann brachen sie alle auf zur Enoteca. Sie bestellten und stießen an mit Bier und Wein. Stella kam die Szene immer noch unwirklich vor. War das alles an nur einem Tag passiert?

»Was genau wird das denn nun für ein Beitrag, den du da drehst?«, fragte Joe gerade.

»Es geht um die Arbeit von Liam von der Irish Society for Prevention of Cruelty to Animals, der sich seit Jahren um ausgesetzte Pferde bemüht. Ich will keinen moralischen Zeigefinger heben, ich will nicht anklagen, sondern nur dokumentieren und hoffe, dass eine gewisse Lakonik mehr bewirkt als ein filmischer *overkill*.«

»Gut gedacht, fragt sich nur, ob die Menschen ruhige Bilder überhaupt noch verstehen. Wo ist der Menschenverstand? Oder andersrum: Pferdeverstand, das, was Pferde davon abhält, auf künftiges Verhalten der Menschen zu wetten, wie Oscar Wilde so schön gesagt hat.« Joe lächelte.

»Du hast mir vorhin im Interview gesagt, dass es genug Leute gibt, die ländlich wohnen und dennoch Stein und Bein schwören würden, noch nie ein ausgesetztes Pferd gesehen zu haben. Wir haben das«, Daniel nickte Stella zu, »oft gehört, dass man zwar Pferde sehe, die aber sicher irgendwem gehören würden. Wo aber sind dann die zwanzigtausend ausgesetzten Pferde, von denen die Tierschützer sprechen?«

»Ich höre oft: Das passiert sicher alles nur im Raum Dublin. Es passiert aber überall. Wir haben noch einen weiten Weg vor uns, was würdige Tierhaltung betrifft. Das hat etwas mit den Köpfen der Menschen zu tun, aber auch mit Gesetzen. Nehmt die Greyhounds! Wie man sie behandelt, zeigt die Schattenseiten der Rennbahnen. Rennhunde werden teils erbärmlich in Verschlägen gehalten, am Ende ihrer Rennkarriere oder wenn sie erfolglos sind, werden sie im besten Fall noch erschossen oder aber gequält und auf elende Weise getötet. Ich glaube, wir dürfen da alle nicht den moralischen Zeigefinger heben – oder, meine junge Kollegin aus Deutschland?«

Stella fühlte sich überrumpelt und schwieg.

Joe fuhr fort: »Ich rede davon, dass wir Tierärzte so oft gerufen werden, um Symptome zu kurieren, während es eigentlich darum ginge, Ursachen zu bekämpfen. Manchmal möchte ich reinschlagen, und dabei sind wir in Irland ja noch vergleichsweise gut dran. Überall in der EU Massentierhaltung, die immer mehr Medikamente braucht, um die armen Kreaturen bis zur Schlachtreife am Leben zu halten. Ungefähr zweihundertfünfzig Millionen Schweine werden jährlich in der EU geschlachtet. Die Mehrzahl wächst in industrieller Intensivtierhaltung auf und das gänzlich unter Missachtung geltender EU-Tierschutzrichtlinien. Vor allem in den Niederlanden und auch in Deutschland. Habt ihr nicht gerade wieder das Verbot betäubungsloser Kastration gekippt?«

»Ja, das ist zum Kotzen. Weil man schon seit Jahren rumeiert, weil die Politik schläft, weil die Tierärzte gar keine Vorgaben haben.«

»Und weil der Verbraucher nicht bereit ist, höhere Preise zu zahlen«, meinte Michelle.

»Ja, der Mensch ist nur so lange Tierfreund, wie es nicht um seinen Geldbeutel geht. Und da sind wir wieder bei den Pferden. Denn Pferdehalter sind ja nicht nur die Gutverdiener, sondern oft auch junge Frauen mit Berufen wie Krankenschwester oder Friseurin, wo man wahrlich jeden Cent umdrehen muss. Lass da was in der Lebensplanung schiefgehen …« Barbara klang resigniert.

»In Deutschland wird immer wieder eine Pferdesteuer diskutiert«, warf Stella ein. »Und Berichte über einen Hengst wie Totilas, der zehn Millionen gekostet hat, heizen diese Reichendiskussion natürlich an. Ich glaube, wir haben in Bayern rund einhundertdreißigtausend Reitpferde, etwa eine Million Pferde in ganz Deutschland. Sie gehören ganz normalen Leuten. Nicht bloß den Reichen! Nun ist in den Einstellbetrieben der Mehrwertsteuersatz von sieben auf neunzehn Prozent angestiegen. Sägemehl kostet so viel, als ob Diamantstaub drin wäre. Wir haben das am Dienstag noch mit Daniels Oma diskutiert: Auch die Energiewende frisst Flächen, wenn wir nur noch Pflanzen für Biogasanlagen- und Biosprit anbauen. Ich hatte eine Vorlesung, da war die Rede davon, dass pro Pferd und Tag eine Kostensteigerung von fast zwei Euro entstanden ist.«

»Ja, eben«, sagte Barbara. »Die Einstellbetriebe müssen

viel teurer werden, das können sich die Leute nicht mehr leisten. So wie bei diesem Darragh. Was ihn zusätzlich belastet, ohne etwas einzubringen, muss weg!«

»Aber wir können doch nicht nur rein ökonomisch argumentieren!«

»Nein, Stella, drum engagieren wir uns ja, wo es nur geht. Und Daniel klärt auf. Tropfen auf heiße Steine, und wir alle machen weiter. Joe behandelt so oft ohne Honorar!«, rief Barbara aus.

»Auch so eine Sache. Stella, das wirst du später noch zu spüren kriegen. Am Tierarzt wird gespart. Der wird erst gerufen, wenn das Bein schon im rechten Winkel wegsteht. Oder wenn die Kolik schon so weit fortgeschritten ist, dass nur noch die Klinik eventuell Hilfe bringen kann. Aber die kostet zu viel. Wir Tierärzte sind in einer schwierigen Klemme. Wir haben Kunden, da wissen wir bereits, die zahlen nicht, aber ein Kolikpferd kann ich ja kaum sterben lassen. Wer im Vorfeld mit mir redet, kann natürlich Ratenzahlungen eingeräumt bekommen. Aber es gibt leider diese Stallnomaden, die plötzlich samt Pferden verschwunden sind. Den Einstellbetrieb haben sie nicht bezahlt, den Tierarzt erst recht nicht, und sie sind nicht mehr auffindbar! Letztlich rechnen wir damit, dass zehn Prozent der Rechnungen nicht oder nur teilweise bezahlt werden. Das Traurige daran ist, dass man das einkalkulieren muss und etwas bei den anderen draufschlägt, selbst wenn es nur ein paar Euro sind.«

»Ja, das weiß ich. Aber ich studiere wohl trotzdem weiter.«

»Wir brauchen guten Nachwuchs, Stella! Viele Tropfen werden ein Fluss.«

Eine kurze Gesprächspause trat ein. Sie alle hatten genug zum Nachdenken.

»Und wie geht es nun mit den Pferden weiter? Den geretteten, meine ich?«, fragte Stella schließlich.

»Die stehen hier erst mal gut. Wir werden mit der ISPCA Wege finden. Lasst mal Weihnachten vergehen. Leute, hey, es ist bald Weihnachten, wir müssen das Leben feiern! Und ich glaub, ich muss jetzt ins Bett«, erklärte Joe mit einem Lächeln.

Stella und Daniel fuhren los. Sie hatten Zeit gewonnen und großartige Menschen getroffen. Sie hatten Courage entdeckt und gesunden Menschenverstand, vom Aussterben bedrohte Tugenden. Sie hatten dem Schicksal etwas Zeit abgerungen. Das Wunder aber war bisher ausgeblieben.

Chris wollte bei ihrer Ankunft natürlich auch noch einen Bericht. Das Schicksal so vieler Pferde war ungewiss. Und Puzzle konnte nicht lange bei ihr bleiben.

Stella ließ es sich nicht nehmen, die Ponystute noch mal zu versorgen. Das Fohlen lag ruhig im Stroh und schlief. Stella hoffte inständig, es würde durchhalten. Sie streichelte Puzzles Nase, roch den Duft der Pferde. Wie so oft, dennoch war alles aus den Fugen.

Das warme Wasser der Dusche tat gut. Stella hatte sich schon beinahe wie ein Eiswürfel in Menschengestalt gefühlt. Jetzt hörte sie, dass die Tür des Badezimmers aufging. Ein Lufthauch bewegte den Duschvorgang. Stella schob ihn zur Seite. Da stand Daniel. Er war schlank, aber doch athletisch. Wenig blonder Flaum auf der Brust. Er kam näher und zog den Vorhang wieder zu.

»Wir sollten Wasser für Chris sparen«, flüsterte er.

»Unbedingt.«

Wobei sie sicher kein Wasser gespart hatten, als sie endlich, kichernd in Handtücher gehüllt, ins Zimmer schlüpften. Stella kannte das so nicht: Sie fiel, sie fiel tief, watteweich, und landete am Mittelpunkt der Erde. Sein Lächeln, seine Blicke auf ihren Körper waren wie ein warmer Luftzug. Daniel schlief nun, er war ganz still, schnarchte nicht, atmete leise und tief.

Für ein paar Sekunden machte es Stella Angst, weil es so ernst war. Mehr und mehr, Stunde um Stunde, beförderte Daniel Gefühle ans Licht, die bisher im Schatten gewesen waren. Eine Liebe, die Konsequenzen erforderte? War es Zeit, zuzugeben, dass die Suche nach der Liebe zu Ende war? Sie hatte nie gesucht, aber nun gab es nur ein Gefühl des Zurücksinkens, Vertrauen, Erotik, Zärtlichkeit, und er war so schön. Konnte ein Mann so schön sein? So weiche Haut haben? Daniel entriss ihr den Schutz. Sie fühlte sich verletzlich, unendlich weich, als müsse sie Millionen Mal stammeln: Ich liebe dich, ich liebe dich, ich liebe dich so sehr …

Elf

Freitag, 21. Dezember

Als Stella erwachte, war Daniel schon wieder vor ihr aufgestanden. Er saß am PC, sah hoch, lächelte. »Guten Morgen, gut geschlafen?«

»Ja.« Na toll, sie stand da wie verblödet. Was tun? Hinstürzen und ihn küssen?

Chris kam mit Kaffee, irgendetwas Unausgesprochenes blieb in der Luft hängen. Stella war nicht gut in Liebesdingen.

Joe erschien wie versprochen. Es war erst neun Uhr. Er verordnete eine weitere Infusion, ließ Medikamente da und bestätigte Stellas Diagnosen. Er hatte einen Plastikschuh und Sauerkraut mitgebracht.

»Puzzle leidet unter einem Hufabszess. Sauerkraut hilft da oft. Ordentlich drauf, das zieht den Abszess raus. Das wird schon alles.«

»Ach, Joe, ja, kurzfristig wird es. Aber dann?«

»Stella, ich habe dir das gestern schon gesagt. Jetzt lass mal die Feiertage vergehen.«

»Chris kümmert sich vor allem um Hunde. Sie hat genug damit zu tun, die Tiere nach Deutschland zu vermitteln, damit sie hier nicht getötet werden oder doch noch in illegalen Rennen landen. Sie hat weder den Platz noch die Zeit, noch die Kapazitäten für Pferde.«

»Stella! Vertraue auf das Morgen.«

»Ihr Iren seid, ihr seid …«

Er lächelte. »Wir Iren sind Fatalisten. Glücklich, weil das Glas noch halb voll ist, nicht halb leer. Gut, wir sind weniger die Revoluzzer, nenn es Schicksalsergebenheit. Aber manchmal fügen sich die Dinge auch dann, wenn man einfach vertraut. *It's so lonely 'round the fields of Athenry.*«

»Warten, Vertrauen …«

»Muss man lernen. Und zulassen. Stella, du schönes, junges, ungeduldiges Kind. Es ist Weihnachten, du hast Daniel. *By the way* ein besonders guter Typ! Das wird schon.«

Alle gingen augenscheinlich davon aus, dass sie und Daniel zusammen waren. Aber waren sie das? Sie konnte ihn ja kaum fragen, ob er mit ihr gehen wolle. Das hätte man eher zur Zeit ihrer Eltern gefragt.

Doch bevor Stella überhaupt einen klaren Gedanken fassen konnte, hielt ein Auto vor dem Tor. Schneeflocken tanzten im Wind, der Schnee kam nun wirklich. Es war Erins Wagen. Erin stieg aus und mit ihr – Luna. Sie schälte sich gerade aus dem Beifahrersitz. Stella trat vor die Tür.

»Was für eine Einöde. Bis wir das überhaupt gefunden haben!«, maulte Luna. Sie trug einen Parka mit Kunstpelzkragen und sah aus, als hätte man eine New Yorkerin hierher gebeamt.

»Was macht ihr hier?« Keine schlaue Frage, stellte Stella bei sich fest.

»Lässt du uns mal rein?«, fragte Erin lächelnd.

»Ja, klar. Vorsicht, die Hunde.«

Die Hunde kamen zu viert angelaufen, Luna ging in die Knie, um den gefleckten Greyhound Sir Toby zu streicheln. Und der schien sehr angetan zu sein. Stella traute ihren Augen kaum – Luna im Dreck?

»Wie kommt ihr hierher?«

»Mit Erins Auto.«

»Ja, das seh ich.«

»Du hast ja immerhin eine SMS geschrieben. Wir haben recherchiert. Und sind nun hier.« Luna klang eisig.

Erin zog Stella zur Seite. »Mach jetzt bitte kein Fass auf. Luna hat mir geschworen, prä-weihnachtlich pazifistisch zu sein.«

»Aber, Erin? Was macht ihr denn wirklich hier?«

»Dich abholen.« Ihr Blick glitt zum Zaun. »Puzzle und Rihany! Du hast es echt geschafft?«

»Ja, aber …«

Chris und Daniel tauchten auf, es folgte eine Vorstellungsrunde. Der Schneefall nahm zu. Chris offerierte mal wieder Wärme und Tee. Stella erzählte, und Daniel machte ein paar Ergänzungen.

»Was für eine Räuberpistole«, sagte Erin schließlich. »Ihr wisst schon, dass ihr ein paarmal grad so die Kurve gekratzt habt?«

»Nicht unbedingt. Der Weg lag klar vor uns«, antwortete Daniel und lächelte Stella an.

Luna schüttelte unentwegt den Kopf. »Du bist ähnlich bekloppt wie meine Schwester. Vor der liegt jetzt ein noch viel klarerer Weg: Wir fahren heim.« Sie sah Stella mit Eisaugen an. »Wenn du nicht vor Weihnachten daheim aufläufst, dann bist du ein Waisenkind!« Sie wandte sich an Chris. »Dürfte ich mal dein Bad benutzen?«

»Klar.«

Luna trat mit dem für sie so typischen Hüftschwung ab.

Erin sah ihr nach, und dann schaute sie Stella eindringlich an. »Stell, bei euch daheim war die Hölle los. Deine Mum hatte wohl ein Techtelmechtel mit einem Kollegen, der fünfzehn Jahre jünger ist.«

»Was? Was heißt Techtelmechtel?«

»Laut deiner Mutter, also laut dem, was sie Luna erzählt hat, kam es nicht zum Sex. Es hätte ihr eben gutgetan, dass ein gut aussehender, jüngerer Mann ihr den Hof macht.«

»Den Hof macht?«, echote Stella.

»Sie hat das wohl so altmodisch formuliert. Jedenfalls haben deine Eltern seit einiger Zeit Zoff. Deswegen.«

Darum hatte Pa so pampige Bemerkungen in der Bar in Dublin gemacht. Verletzend, was nicht seine Art war. Weil er selbst verletzt war.

»Trennen sie sich?«, flüsterte Stella.

»Nein, das wohl nicht. Dein Vater ist halt gekränkt, beleidigt, fühlt sich hintergangen. Luna hat ihm ins Gewissen geredet. Und es stimmt ja auch: Er hockt nur vor dem Computer, deine Mutter reißt sich den Arsch am Airport auf, sie leben völlig getrennt. Und drum sollte dieses Weihnachten eben die Familie zusammenschweißen. Zeigen, worauf es ankommt. Deine Mutter hat wohl viel geweint, etwas, das Luna ziemlich erschüttert hat. Ich kenn deine Mutter ja auch schon eine Weile: Sie ist ja nicht so die Heulsuse, eigentlich.« Erin verzog den Mund und sah Stella prüfend an.

Stellas Magen spielte verrückt. Als wenn dort ein Troll gegen die Wände boxte und ihre Eingeweide malträtierte. Ihre Familie stand am Abgrund, und sie suchte ein Pferd! Sie war egoistisch und handelte ohne Rücksicht auf Verluste. Luna hatte es immer gesagt.

»Stell, es ist jetzt so, wie es ist. Deine Eltern packen das schon, aber es wäre wirklich gut, wenn du heimkämst. Normalität hilft.«

»Erin, ich bin so furchtbar!« Tränen flossen.

»Nein, nur ein klein wenig ungeduldig, wenn es um Tiere geht. Alles ist gut.« Erin nahm sie in den Arm.

Nach einer Weile sah Stella auf. Daniel hatte wohl schon vor einiger Zeit den Raum verlassen. Doch sie wollte jetzt vor allem mit Luna sprechen. Luna war nicht mehr im Bad, Daniel auch nicht mehr zu sehen. Stella sank aufs Bett. Natürlich musste sie nach Hause. Alles andere würde sich finden. Sie brauchte ein paar Minuten, dann ging sie hinunter, wo Erin mit Chris plauderte.

»Wo ist Luna?«

»Keine Ahnung, draußen, glaub ich.«

Stella nahm ihre Jacke und umrundete das Haus. Zwei der Hunde begrüßten sie, vom Himmel sanken Schneeflocken. Sie hörte Stimmen bei den Pferden.

»Das war gut«, sagte Daniel gerade. »Sehr gut sogar.«

»Echt?« Die Stimme gehörte Luna.

»Ja, es war vor allem echt. Du hast es drauf.«

Man hörte Lunas Lachen. Stella linste um die Ecke. Dort, wo Stroh und Heu gelagert waren, standen Luna und Daniel. Daniel umarmte die blonde Schönheit, gab ihr rechts und links einen Kuss auf die Wange. Luna lächelte und ging davon. Er winkte ihr nach. »Danke.«

Der Troll in der Magengrube hatte wohl einen besonders schrägen Humor. Stella wurde übel. Was hatte Phoebe über Daniel gesagt? Er ließ sich wie alle Männer vom Äußeren blenden? Natürlich, Luna war hübsch, nein, schön, sie konnte Männer um den Verstand bringen. Das hatte sie allzu oft getan.

Daniel verstaute gerade sein Kamera-Equipment, als er Stellas Anwesenheit wahrnahm.

»Hi, Sternschnuppe. Ich glaub, mein Dreh ist abgeschlossen.«

Er wagte es, jetzt Sternschnuppe zu ihr zu sagen?

»Na dann.«

Daniel sah sie prüfend an. »Was ist los?«

Was war schon los? Ihre Eltern hatten eine Krise, und der Mann, den sie liebte, knutschte ihre Schwester ab.

»Nichts.«

»Deine Schwester will dich nach Hause mitnehmen. Sie meinte, deine Eltern hätten ein bisschen Zoff. Stella, das ist in Ordnung. Fahr mit! Ich schau in Cong vorbei und muss dann nach Dublin. Ich will ein paar Dinge für meinen Beitrag regeln, der soll am Dreiundzwanzigsten laufen. Wäre das okay für dich?«

»Sicher. Ich packe zusammen.« Viel gab es ja nicht zu packen.

Stella ließ Daniel einfach stehen. Erin drängte zum Aufbruch, und so war es Mittag, als sie vom Hof rollten. Chris versicherte mehrfach, sich um alles zu kümmern.

»Meine Tochter kommt morgen, die hat auch Pferde, wir kriegen das alles hin. Ich bin mit Joe in Kontakt. Jetzt fahrt endlich.«

»Mensch, ich hab mein Handy oben liegen gelassen!« Stella rannte noch mal die Treppe hinauf und geradewegs in Daniel hinein.

»Hoppala! Nicht so stürmisch.«

»Na, da bist ja eher du zuständig. Der stürmische Lover. Das Wechselbäumchen«, brach es aus Stella hervor.

»Was?«

»Es ist geschmacklos, mit meiner Schwester rumzumachen. Auch wenn sie natürlich viel schöner und interessanter ist als ich!« Sie war nahe daran, mit dem Fuß aufzustampfen wie ein kleines Rumpelstilzchen.

Daniel sah Stella lange an. »Ich weiß nicht genau, wie oft ich dir noch sagen muss, du solltest mir vertrauen.«

»Wenn du mit meiner Schwester …?«

»Schau am Dreiundzwanzigsten den Beitrag an. 19:30 Uhr. Bei *Ireland in a Nutshell.*«

»Ja, hau noch einen kryptischen Satz raus, das kannst du ja gut.«

Er kam ganz nahe, hauchte ihr einen Kuss auf die Stirn. »Stella, Sternschnuppe! Ich schieb es mal darauf, dass das alles etwas viel war die letzten Tage.«

Dann ging er die Treppe hinunter, mit Rucksack und Tasche. Auch er schien aufbrechen zu wollen.

Mehr Abschiede, mehr Umarmungen.

»*Nollaig shona duit*«, sagte Daniel zu Erin.

»*Go raibh maith agat*«, gab Erin zurück. Was dazu führte, dass Luna Erin ein paar Fragen zur irischen Sprache stellte und Stella heilfroh war, still im Fond des Autos sitzen zu dürfen.

»Horch in di nei, Mädle«, hatte ihre Oma immer gesagt. Sie horchte. Würde Daniel wirklich …? Hatte sie ihm gerade extrem Unrecht getan? Und ihn womöglich dadurch verloren?

Luna drehte sich um. »Was schaust du so? Das war ja wirklich kein Ruhmesblatt.«

»Komm, lass sie. Du hast es versprochen!«, rief Erin.

»Es ist auch kein Ruhmesblatt, mit Daniel rumzumachen!«, brüllte Stella.

»Oje, jetzt leidet sie auch noch an Wahrnehmungsverlust. Wahrscheinlich zu viel frische Luft. Ich sag ja immer, zu viel Outdoor schadet nur.«

Damit war das Thema für Luna mal wieder abgehakt. Stella stand in der Ecke der Verliererin. Wie immer. Erin versuchte abzulenken.

»Und was ist das jetzt mit euren Eltern?«

»Mum hat einen Kollegen. Ein Franzose, *très charmant*, er kommt aus dem Elsass und spricht diesen Akzent, *très joli*. Rue de Rivoli, Jeanette, Baguette, *les montagnes luisent dans l'obscurité*.« Sie lachte. »So was eben. Mum war mit ihm essen, sie hat ihn wohl auch mal geküsst und doch dem

Impuls widerstanden, mit ihm ins Hotel zu gehen. Es hat ihr gutgetan, Aufmerksamkeit zu bekommen.«

»Unsere Mutter braucht ständig Applaus«, sagte Stella.

»Vielleicht. Vielleicht sind das die Wechseljahre. Es ist ja auch nicht schön, wenn die Falten mehr werden und die Cellulite.«

»Luna, die Meisterin der Reduktion!«

»Schwesterchen, jeder braucht Anerkennung. Frauen suchen Anerkennung eben oft mit ihrer Optik. Es kann ja nicht jede nur ihre inneren Werte ins Spiel bringen. Wie du.«

»Ich …«

»Lass mich weiterreden. Unsere Mutter ist zu sehr von Anerkennung abhängig, aber sie hat dazu einen Mann, der auf der nach unten offenen Missachtungsskala ins Bodenlose stürzt.«

»Aber das meint er doch nicht so!«

»Kann ja sein, aber selbst ein Mann, der nur mit Zahlenkolonnen verheiratet ist, muss halt mal einen Schritt aus seiner Nerdwelt machen!«

Lunas Analysen waren zutreffend. Stella kapitulierte.

»Und was machen sie jetzt?«

»Öfter mal was zusammen, hoffe ich. Und als Erstes gehen wir heute Abend alle zusammen essen. Ich hab ihnen eingeschärft, dass sie dir keine Vorwürfe machen sollen. Obwohl du das nicht verdient hast!«

Zwölf

Samstag, 22. Dezember

Stella erwachte um zwölf. Sie hatte tatsächlich dreizehn Stunden geschlafen. Jetzt war ein Bad fällig, und sie entstieg der Wanne völlig verschrumpelt und wohlriechend nach einem weihnachtlichen Badezusatz, Orange-Zimt.

Unten saß Luna, das Handy am Ohr. Sie deckte es ab.

»Ein Wunder. Unsere Alten sind weggefahren. Ein Ausflug.«

Wann hatte es das zum letzten Mal gegeben?

Am letzten Abend im *Windmills* hatte ihr Vater ein gebügeltes Hemd getragen statt eines Sweatshirts, und ihre Mutter war weniger geschminkt als sonst. Jetzt der gemeinsame Ausflug. Kleine Schritte aufeinander zu.

Luna war aufgestanden und verschwand mit dem Handy. Sie kicherte. Flüsterte etwas. Telefonierte sie mit Daniel? Das würde zu ihr passen. Stella fühlte sich, als trüge sie Bleistrümpfe. Alles an ihr war schwer. Plötzlich jagte ein Hitzeschauer über ihren Körper. Ihr wurde schlecht, und sie schaffte es gerade noch bis zum Gästeklo. Es war etwas viel gewesen die letzten Tage. Mit einer Wärmflasche und Fencheltee verzog sie sich in ihr Zimmer und verschlief auch noch den Nachmittag.

Es hatte sich über die Jahre in ihrer Nachbarschaft eingebürgert, dass man am Zweiundzwanzigsten abends die Nachbarn einlud. Das waren die Sweeneys auf der einen Seite sowie Grace und ihr Mann Pete auf der anderen. Die Browns von gegenüber waren zu den Kindern gefahren, aber ins Haus der Walshs, auch auf der anderen Straßenseite, waren neue Leute eingezogen. Ein junges Schweizer Ehepaar mit Zwillingen. Die Einladung ging reihum, dieses Jahr war Grace die Gastgeberin.

Wenn es einen Preis für das irischste Haus gäbe, hätte Grace ihn verdient. Es war einfach unglaublich, wie viele Rosenkissen, Stickdeckchen und Kunstblumenarrangements man in einem Raum unterbringen konnte. Dazu dann eine komplette Wand mit goldgerahmten Bildern von Pete, der vor langer Zeit mal ein irischer Rugby-Held gewesen war. Ein Deko-Overkill, in dem der Weihnachtsbaum mit blutroten Kugeln fast unterging.

Pete hatte einen Punsch angesetzt, gegen den Lunas Mischung ein Waisenpunsch war. Man wurde schon vom Riechen daran benebelt! Es half nur, vorher bei Grace' *mince pies* ordentlich zuzulangen. Ihre waren die besten, wahrscheinlich von ganz Irland. Rosinen, Korinthen, Aprikosen, Kirschen, Mandeln in einer besoffenen Mischung mit Zimt und Rum.

Pete erklärte gerade den vierjährigen Zwillingen, dass

man *mince pies* traditionell an Heiligabend vor den Kamin stellen musste, zusammen mit einem Glas Sherry, Brandy oder Milch und einer Karotte für die Rentiere. Da Pete kein Deutsch konnte und die Zwillinge kaum Englisch sprachen, geriet das Ganze zu einer Komödie und einem Meisterstück der Pantomime. Vor allem als Pete das Rentier vor dem Schlitten gab.

Stella war dankbar für die Ablenkung, ihr gelegentlicher verstohlener Blick aufs Handy zeigte immer ein leeres Display. Keine SMS. Puzzle zierte das Display, mit Puzzle hatte alles begonnen. Auch ihr irisches Leben.

Grace bat Stella um Hilfe, Teller auftragen, Besteck verteilen, denn nun kam Grace' ebenso legendärer *stew* aus Wurst, Gemüse und Kartoffeln. Kein *Irish Stew*, denn sie wusste, dass Luna kein Lammfleisch mochte. Luna übte gerade mit den Zwillingen Schweizer Ausdrücke, sie konnte gut mit den beiden. Aber Luna als Mutter? Daniel als Vater?

Stella nahm einen gewaltigen Schluck Punsch und noch einen, und der Abend wurde lange und laut, und das führte dazu, dass sie anderntags wieder bis zwölf Uhr schlief.

Dreizehn

Sonntag, 23. Dezember

Heute war es Luna, die sich nach dem sehr späten Frühstück verabschiedete, um einen Freund in Malahide zu treffen. Malahide? Da wohnte Daniel! Wie konnte ihre Schwester nur so grausam sein? Stella kannte die Antwort. Luna wurde nicht Zweite. Sie hatte immer schon den ersten Platz für sich gefordert. Für Luna musste es rote Rosen regnen. Und Männer immer nach ihrer Sirenen-Pfeife tanzen. Sollte sie doch zusammen mit Daniel zur Hölle fahren!

Stella spielte mit ihrem Vater Backgammon, sie gewann bei fünf Partien immerhin einmal. Ihre Mutter las, ein Vorweihnachtsidyll, das auf mühsamer Beherrschung aller Beteiligten beruhte. Um kurz nach sieben kam Luna zurück. Sie machte sich frisch, zog Joggingpants an, die trotz Sweatshirtmaterial irrsinnig stylish aussahen. Sie wirkte nervös.

»Los jetzt, ihr alle. Jetzt kommt Daniels Beitrag. Macht endlich! Sonst verpassen wir noch was!«

Luna nahm es ja besonders ernst. Klar, wenn der neue Lover was geleistet hatte …

Eigentlich wollte Stella das alles gar nicht sehen, sie hasste Luna. Die hatte sich wahrscheinlich gerade noch mit Daniel in Malahide im Bett gewälzt. Aber es ging um die Pferde, um ihre Mission. Stella musste zusehen – wohl oder übel.

Ireland in a Nutshell war ein Prime-Time-Format, das Menschen und Begegnungen zeigte. Das auch mal kritisch war, sich aber immer sehr menschlich seinen Protagonisten näherte. Es führte niemanden vor.

Die Moderatorin saß neben einem Stechpalmengesteck und kündigte gerade die drei Beiträge der Sendung an. Es ging um eine Fünfundachtzigjährige, die immer beim *Forty Foot* in Sandycove mitmachte, dem Weihnachtsschwimmen in wahrlich eiskaltem Wasser.

»Bis neunzig bin ich dabei, wenn Gott mich lässt«, sagte sie in dem Teaser. Im zweiten Beitrag waren Waterford und das Winterval Festival das Thema, und im dritten ging es um *Irland's Lost Horses*. Da war ein Bild von Puzzle, zottelig und schmutzig. Stella litt jetzt schon und war sehr überrascht, als sie Liam als Gast im Studio sitzen sah. Die Moderatorin stellte ihn vor, Liam erklärte ihr seine Arbeit. Er kam sehr sympathisch und kompetent rüber. Die Moderatorin leitete zum Beitrag über.

Der Strand von Skerries kam ins Bild. Wolken jagten dahin, untermalt von Alan Parsons' Musik. Sequenzen aus *Turn of a friendly card*. Und dann sah man Stella, die vor Darraghs Koppel stand und davon sprach, dass hier einst ihr Pferd gewesen war. Ihre Augen wirkten riesig, sie sah blass aus und berührend echt. *Cut.* Dann eine Szene in Dublin. Vorort-Tristesse. Ein ausgebranntes Auto. Fratzen, schnelle Schnitte, Sirenen, Polizei, Liam, wieder Stella, die das arme Pferd streichelte. Dann ein Interview mit Liam zu illegalen Pferderennen. *Cut.* Weites Grün, Steinmäuerchen, Hecken, ein Hochkreuz und Daniels beschwörende Stimme aus dem Off, die erläuterte, dass Pferde im Winter nicht einfach so von Gras leben konnten. Dann Noah, der darüber sprach, dass gerade die Pferdenation eine Verantwortung habe. *Cut.* Stella im Regen von Maam Cross. Weltuntergang. Leise und lauter werdend Alan Parsons. *But the game never ends, when your whole world depends on the turn of a friendly card.* Ein Schwenk über den Markt, ganz kurz war Bobby im Bild. *Cut.* Dann Chris, die von den Herden sprach und davon, dass *travellers* ausgesetzte Pferde als Schlachtpferde verkauften. *Egan's Bar*, das Wintermoor. Stella, die tastend hügelwärts lief. Dann die Pferde neben dem See und ein langes unbewegtes Bild von dem Fohlen. Seine gebrochenen Augen. *Cut.* Interviews mit Joe und Barbara. Wieder Alan Parsons' Musik, dann Puzzle, gerettet, immer noch zottelig. Und auf einmal kam Luna ins Bild. Sie lehnte an Chris' Zaun. So schön. Ihre Haare wehten im Wind. Schneeflocken umtaumelten sie.

»Meine Schwester hat ihr Leben riskiert für die Pferde«, begann ihr Text. »Sie ist ein bisschen stur, meine kleine Schwester. Aber Tiere brauchen solche Menschen. Genau solche Menschen. Ich kann Sie alle nur bitten, genau hinzusehen, wenn Sie Verbrechen gegen Tiere sehen. Helfen Sie

Liam, helfen Sie Menschen wie Chris. Frohe Weihnachten. Für alle Geschöpfe.«

Wieder der Strand von Skerries.

The Gold Bug von Alan Parsons, zwei Info-Adressen.

Abspann. *Film by Daniel Reid.*

Sie alle nahmen nicht mehr wahr, was die Moderatorin sagte. Wie Liam den Ball wieder aufnahm. Was er mit eindringlicher Stimme sprach. Es dauerte sehr lange, bis Thomas meinte: »Dieser Daniel ist ein Magier. Ein Magier der Bilder. Stella, jetzt erst hab ich verstanden. Verzeih mir, mein Mädchen!« Er zog Stella zu sich, und sie weinte. Weinte alle Tränen, die sie seit langen Jahren vor ihrem verpeilten Vater verborgen hatte, um sie ihm nicht zuzumuten.

Luna umarmte ihre Mutter und sah dann auf. »Stella, jetzt ruf endlich Daniel an!«

Stella stand auf, kniete sich vor ihre Mum und Luna. »Ich bin so blöd. Ich dachte wirklich, du und Daniel … Luna, du hast so schön über mich gesprochen, ach, Luna!«

Luna gab sich streng. »Du kennst mich doch schon ein paar Jahre, Stella. Würde ich mit so einem Lumpenpaule mitgehen, wie dieser Daniel einer ist? Kluger Kopf, großes Herz, aber null *style*! Den kannst du gerne haben! Und versau es nicht wieder. Der Junge ist großartig. Eigentlich fast zu gut für dich, du dumme Nuss!«

Ihre Mutter lachte, seit Langem klang es echt. »Jetzt geh schon.«

Stella hastete die Treppe hinauf, griff nach ihrem Handy. Mit flatterndem Herzen wählte sie. Es war besetzt. Zweiter Versuch. Wieder nichts. Dann rief Daniel zurück.

»Hi, TV-Star!«, grüßte er sie. »Es ist der Wahnsinn, was hier los ist. Dauernd rufen Leute an und gratulieren mir. Das war grad Liam.«

»Das hast du verdient. Es war so, so … so schön. Nein, nicht schön. Es war tief, erschütternd und wahr. Absolut authentisch. Ach, Daniel!«

»Ach, Sternschnuppe!« Er lachte. »Ohne dich wäre das nichts geworden, und ohne dich wird auch in Zukunft nichts gehen.«

Stella schluckte.

»Hallo? Geht's denn wieder?«

»Daniel, ich hab wirklich gedacht, du hättest was mit Luna. Ich bin eine Idiotin.«

»Das stimmt. Dass du eine Idiotin bist.« Er lachte. »Nicht, dass ich etwas mit Luna hätte. Luna ist ein ziemlich überzeugender Mensch. Sie hat Power, Durchschlagskraft, wie ein Stahlhammer in einer bezaubernden Verpackung. Ich glaub auch gar nicht, dass sie nur so eine Modepuppe ist. Es war ihre Idee, dass sie im Film auftritt. Ich war anfangs gar nicht so überzeugt. Aber es war das i-Tüpfelchen. Du dummes Huhn!«

»Ich war grad schon eine dumme Nuss«, sagte Stella kleinlaut.

»Ja, ein dummes, nussiges Huhn! Warum zweifelst du so viel? Luna liebt dich. Alle sind voller Bewunderung für dich. Joe hat auch grad angerufen und mir gesagt, dass du unbedingt nach dem Studium zu ihm in die Praxis kommen musst. Phoebe war ganz verzückt, und meine Mutter lässt dich grüßen. Stell dir vor, meine Mutter kam hier rein, und das Erste, was sie wissen wollte, war, was das für eine Polin sei. Ihre Cousine hat sie angerufen. Dein polnischer Ruf eilt dir bis Boston voraus. Sie lässt dich unbekannterweise grüßen.«

»Danke.«

»Und dann haben wir gerade zusammen den Film gesehen. O-Ton: Sie ist so schön wie ein Kristallglas und mutig wie eine Tigerin. Aus dem Mund meiner rationalen Mutter ist das ein Gedicht.«

Stella konnte nichts sagen. Gedanken und Gefühle schlugen Purzelbäume.

»Pass auf!«, sprach Daniel weiter. »Ich würde sehr gerne Weihnachten mit dir feiern. Aber es kommen noch ein paar Übersee-Verwandte, sie treffen sich alle bei Oma, ich würde sie ungern verpassen.«

»Natürlich, das ist deine Familie. Du kannst nicht ohne Phoebe feiern.«

Er wurde ernst. »Ja, das stimmt. Und ich kann mir kaum vorstellen, dass ich das irgendwann einmal muss. Stella, wir sehen uns aber am Sechsundzwanzigsten!«

»Ja?«

»Ja, ich komme. Das wird ein großer Tag! Und sag jetzt nicht, das sei ein kryptischer Satz.«

»Ein bisschen schon.«

»Warte ab, auch dieses Rätsel wird sich lösen.« Eine kurze Pause. »Ich liebe dich. Wir telefonieren, ja?«

»Ja! Wir telefonieren, und ich liebe dich auch!« Alles in ihr jubilierte.

Daniel rief später noch mal an, um zu berichten, dass schon jetzt sehr viele Spenden bei der ISPCA eingegangen waren. Dass eine Frau Chris Heu für ein ganzes Jahr spenden wolle.

Ein Rad war in Bewegung gekommen. Stella schlief gut und tief und vergaß, was sie geträumt hatte, weil schon am Morgen klassische Musik durchs Haus plätscherte, dann rauschte, fast versiegte und dann wieder aufbrandete. Es war der vierundzwanzigste Dezember.

Vierzehn

Montag, 24. Dezember

Als Erstes rief Stella bei Daniel an und gratulierte ihm zum Geburtstag. Daniel erzählte, dass er gerade Geburtstagsmöhren mit den Eseln und Bobby teilen würde. Es war gut, dass Daniel mit seiner Mutter und Phoebe feierte und mit Verwandten, die extra aus Boston gekommen waren. Als sie aufgelegt hatten, schickte Stella noch eine Serie von Herzchen hinterher. Von ihm kamen Hühner und ein Eichhörnchen. Huhn und Nussfresser, Stella musste lachen. Sie schrieb noch Grüße an Phoebe und Ann zurück und »Frohe Weihnachten«. Dann ging sie hinunter.

Ein Tag wie jeder. Und doch der Tag, auf dem immer so viel lastete. Sie hatte früher mehrfach überlegt, in München zu bleiben, und es doch nie übers Herz gebracht. Alle fuhren irgendwie heim, alle stritten sich, fraßen zu viel, bewegten sich zu wenig – und doch war das der Endpunkt eines jeden Jahres, der wohl so sein musste. Nicht mit Silvester endete das Jahr, sondern damit, dass die letzten Geschäfte schlossen. Nur noch ganz wenige Autos fuhren, alle Menschen verschwanden hinter geschlossenen Türen und standen dann dort, wo ein geschmückter Baum leuchtete und Erzgebirgspyramiden in den Fenstern Winterwärme ausstrahlten. Wo Lichtergirlanden weiche Reflexe auf Wände warfen. Was wäre die Alternative? Es gab keine. Alle Überlegungen, Weihnachten zu ignorieren, blieben Theorie.

Auch als Stella liiert gewesen war, hatten nie Zweifel daran bestanden, dass sie zu ihren Eltern flog. Und Martin zu seiner Familie fuhr, einer urbayerischen dazu, die es niemals toleriert hätte, dass »der Bua« womöglich mit seiner Herzallerliebsten feiern wollte. Und Stella war auch gar nicht so scharf drauf gewesen, den fein getakteten, seit Jahrzehnten festgezimmerten Ablauf aus Krippe-Aufbauen, Gans-Essen, Bescherung und Christmette in seiner Familie irgendwie zu stören. Zudem spielte Martin in der Blaskapelle, er musste früher in die Kirche und nachmittags schon Schnaps mit den anderen Musikern trinken. Und am Fünfundzwanzigsten wieder »aufspuin«. Seine Mutter und seine Schwester waren nett und Stella gewogen, aber halt extrem »boarisch« – und Stella hatte nicht einmal ein Festtagsdirndl. Sie besaß gar keins!

In Irland war der vierundzwanzigste Dezember traditionell noch recht umtriebig, die Bauers hatten aber über die Jahre einen Kompromiss gefunden: Sie aßen an Heiligabend sehr früh, dann war Bescherung, und dann gingen sie ins Pub. Das würden sie auch heute so handhaben. Und doch war es anders. Es gab jemanden, den Stella um sich wünschte.

Aber er hatte Stella ja mehrfach versprochen, am Sechsundzwanzigsten bei ihr zu sein. Zwei Tage, das war auszuhalten – und sie vermisste ihn dennoch. Alles war gut – und komisch, verwirrend und auch flatterig im Herzen. Das war Stella noch nie passiert.

Es gab Raclette, der Käse kam von den neuen Schweizer Nachbarn, und er war köstlich. Dank der Internationalität des Flughafens hatte Anita sogar Schweizer Fendant gefunden. Wie immer wäre man nach der Hälfte des Kartoffel-Käse-Magenverklebers eigentlich satt gewesen, aber man aß und aß einfach weiter, und als sie endlich fertig waren, hatte Stella das Gefühl, nie mehr in ihrem Leben etwas essen zu können. Die Mousse au chocolat ging aber doch noch rein.

Unter dem Baum lagen die Geschenke. Für ihre Mutter hatte Stella ein paar ganz typische Produkte vom Dallmayr in München verpackt und einen Gutschein für ein Champagner-Frühstück in deren Café. Wenn Anita etwas an München vermisste, dann waren das der Dallmayr und der Beck.

Ihr Vater bekam eine Tasse mit der Aufschrift »Nerd« und ein Fotobuch mit Bildern aus dem letzten Sommer, auf denen man alle Frauen seiner Familie sah. Sie hatten den Croagh Patrick bestiegen, Anita und Luna in Fleecepullis und schweres Trekkingtuch gemummelt, Stella in einer kurzen Hose. Irischer Sommer eben.

Der heilige Berg stieg in einer regelmäßigen Kegelform aus der Küste auf, vor fünftausend Jahren schon verehrt. Um

500 v.Chr. feierten die Kelten den Gott Lugh – Lughnasa, das irische Wort für August –, und schließlich verbrachte der heilige Patrick 441 n.Chr. vierzig Tage mit Fasten und religiösen Exerzitien auf dem Berg. Auch so eine Geschichte, die Stella liebte: Angeblich wurde er von Dämonen und Schlangen verfolgt. Er verbannte sie mit gewaltigem Stimmaufwand in eine Höhle auf der Nordseite des Berges. Ein Grund, weswegen es bis heute in Irland keine giftigen Schlangen gab.

Den Bildern war anzusehen, dass Wandern nicht zu Lunas bevorzugten Sportarten zählte, sie stand, bissig blickend, im Geröll. Das obere Drittel des Croagh bestand aus einem nicht enden wollenden Geröllfeld.

Thomas lachte angesichts des Fotos. »Wenn man bedenkt, dass am letzten Sonntag im Juli Tausende auf den heiligen Berg pilgern, einige, der Tradition folgend, sogar barfuß, hast du dich ganz schön angestellt.«

»Haha!«

Es gab das Gipfelbild, am Horizont verschwommene Berge, darüber ein Himmel in allen Schattierungen von Blau und schnell dahinziehende Schäfchenwolken. Weit unten schwammen grüne Inseln wie Walrücken im grünlichen Meer. Schaumkronen wie Sahne auf Pistazieneis. Davor die drei Frauen.

Es gab ein *Shake-hands*-Bild nach dem Abstieg und eines im Granuaile Heritage Centre, wo es um die legendäre Piratin Grace O'Malley ging. Die allerdings hatte Luna stark beeindruckt. Nach dem Tod des Vaters führte sie den Clan, bändigte einen Haufen unzivilisierter Männer, verschliss zwei Ehemänner und etliche Liebhaber. Darum gab es als letztes Bild auch Luna mit einem Messer zwischen den Zähnen.

Sie lachten, plauderten, packten weiter aus. Für Stella und Luna gab es von den Eltern je ein neues Tablet, und beide bekamen einen schönen alten Ring. Es waren Ringe von der Oma, Stellas mit einem dunklen Saphir, Lunas mit einem Rubin.

»Ihr seid ja verrückt!«, meinte Stella.

»Na ja, ihr seid jetzt ja wohl alt genug, darauf zu achten«, meinte Anita.

Von Stella bekam Luna ein Buch über Coco Chanel, *Der schwarze Engel – Ein Leben als Nazi-Agentin,* und ein großes Oktoberfest-Herz mit der Zuckergussaufschrift »Göttin«.

Auch sie wurde mit einem »Haha« bedacht und einer Umarmung.

Luna schenkte ihrer Mutter eine sehr schöne Hose und einen Blazer dazu und Pa einen speziellen Whiskey und einen Stapel kanadischer Zeitschriften.

Lunas Geschenk für Stella lag in weichem Seidenpapier. Es war ein Hoody in einem verhaltenen Olivton, aus einem ganz feinen Material. Ein bisschen tailliert, die Bänder waren aus Seide, die Kapuze auch mit Seide ausgeschlagen. Seitlich gab es kurze Reißverschlüsse, an deren Ende auch jeweils ein kleiner Seidenzipfel hing. Ein Teil, das ganz lässig aussah und dabei doch wahnsinnig edel war.

»Probier es gleich an!«, rief Anita.

Stella zog es über, drehte sich vor dem Spiegel im Gang hin und her. Es war nur ein Hoody, aber wie für sie gemacht.

Sie zog das Kleidungsstück wieder aus. Das Label sprach von ökologischen Standards, die Kollektion hieß Stell by O'Brian. Mit einer kanadischen Flagge.

»Luna, das ist wirklich schön! Und dass es witzigerweise auch noch eine Kollektion gibt, die Stell heißt.«

»Ja, fand ich auch lustig«, sagte Luna. »Hab ich in Vancouver, ähm, gefunden. Und es ist genau dein Stil. Man kann nämlich durchaus sehr *casual* sein und trotzdem gut angezogen.« Sie zwinkerte Anita zu.

»Ihr seid alle so schön, meine Damen«, sagte Thomas. Er hatte schon etwas zu viel Whiskey erwischt, aber immerhin war er weiter abstinent, was Computer und Smartphones betraf.

Um sieben machten sie sich in den Pub auf, und da war im Prinzip schon das ganze Dorf. Man kam nur zentimeterweise vorwärts, weil andauernd Menschen gegen den Geräuschpegel anbrüllten, um Fragen zu stellen. Stella trank Wein mit einem der Sweeney-Söhne. Ein Jugendfreund, der Humanmedizin studierte.

Dann traf sie auf Alex' Mutter, die jedes Jahr opulenter wurde und ihre Walleklamotten immer bunter. Das Haar war Karottenorange. Sie riss Stella an ihre wogende Brust. Dann erklärte sie, wie begeistert sie war, bald Oma zu werden. Sie wollte die ersten Wochen auf jeden Fall der Westküste den Rücken kehren und bei Zoe und Alex helfen. Stella grinste in sich hinein. Zoe tat ihr jetzt schon leid.

Mitten im Getümmel ging die Tür auf. Einige Blicke wanderten zum Eingang. Wer kam jetzt noch? So spät? Es war ein Mann, etwa Mitte dreißig, der ein bisschen wie Pierce Brosnan aussah. Etwas blonder, und eigentlich sah er sogar besser aus. Er trug einen Mantel mit Stehkragen, zweireihig geknöpft, sehr modisch und sicher teuer. Er sah sich um, entdeckte jemanden und winkte. Dann bahnte er sich einen Weg durch die Pubgesellschaft bis zur Bar. Dorthin, wo Luna mit Erin stand.

Luna flog ihm um den Hals. Er war groß, sicher ein Meter neunzig, und Luna, die heute Ledersneakers trug, wurde hochgehoben. Eine Szene wie in einem Film mit Hugh Grant. Eigentlich müsste er sie nun herumwirbeln, aber das ließ der Platz nicht zu. Also stellte er Luna wieder ab, schüttelte Erin die Hand und die von Alex hinter der Theke. Stella versuchte, sich durchzuarbeiten, bis sie aber an der Theke ankam, waren Luna und der Fremde verschwunden.

»He, wer war das?«

Erin lächelte. »Hat sich als Padraig vorgestellt. Aus Kanada.«

Alex nickte. »Ja, ein gewisser Padraig – und Luna wirkte sehr aufgeregt. Da geht was. Sonst ist deine Schwester ja nicht so leicht zu knacken.«

»Ach, hast du das versucht?« Zoe gab ihm einen Knuff.

»Natürlich nicht. Ich hatte immer nur Augen für dich. Aber man hört ja so einiges.«

»Padraig? Ich glaub, in der Firma, wo sie grad ein Praktikum macht, heißt der Chef Padraig. Ist wohl auch irischstämmig«, sagte Stella.

»Na, siehste! Unter dem Chef geht da nix!«, lachte Alex. Und das war nicht böse gemeint.

Es war nach zwei Uhr nachts, als Stella heimging. Ein bisschen unsicher und doch beschwingt.

Sie hatte noch lange mit Erin und Gianna getrunken, Zoe hielt sich an Wasser. Stella musste die ganze Pferdeauffindungsgeschichte mehrfach erzählen. Und natürlich hatten ihr die Mädels wegen Daniel ein Loch in den Bauch gefragt. Zoe stellte die entscheidende Frage: »Seid ihr denn jetzt zusammen?« Stella wiegelte ab. Von wegen »nicht so genau definiert«, »ja auch noch zu früh«.

Erin grinste. »Dass wir das noch erleben dürfen. Stella ist verliebt. Mit dreiundzwanzig zum ersten Mal.«

»Also, ich war schon vorher …«

»Ja, ja … mit wem zusammen. Du hast ein bisschen rumgevögelt. Geschenkt! Aber nun bist du verliebt.«

»Stella ist verliehiebt, Stella ist verliehiebt«, trällerten die Mädels zusammen.

Fünfzehn

Dienstag, 25. Dezember

Wie an den Tagen zuvor wachte Stella auch an diesem Morgen erst um halb zwölf auf. Nachdem sie sich in der Nacht zweimal von ihrem Mageninhalt hatte trennen müssen. Ihr war immer noch etwas blümerant, der Rest ihrer Familie sah aber auch nicht gut aus. Anita war bewundernswerterweise zum Airport gefahren, da gab es irgendein Problem.

»Ich glaub, ich nehm heute mal einen Tee«, sagte Stella, als sie die Küche betrat. »Fenchel oder so.«

»Besser wäre eine Konterhalbe«, meinte Thomas.

Luna grinste. »Echt, Pa!«

»Wir haben ja wohl lange genug in München gelebt, um derartige Rezepte zu kennen.«

»Danke für den Tipp, ich probiere trotzdem lieber den Fencheltee. Und dann geh ich an die frische Luft. Kommt wer mit?«

»Ach nee«, antwortete Luna. »Mir ist es zu kalt.«

»Unsere Prinzessin. Ist es in Vancouver nicht auch kalt? Und sag mal, wer war dieser Typ, mit dem du gestern abgetaucht bist? Dieser Padraig?«

»Besuch.«

»Aha. Das ist dein Chef, oder?«

»Trink Tee, geh an die Luft, ruf Daniel an. Mach irgendwas, und lass mich mein Buch lesen!«

»War Coco Chanel echt eine Nazi-Agentin?«, fragte Stella.

»Als Frau in einer Männerwelt wirst du immer ein paar Winkelzüge brauchen. Mehrwissen ist immer von Vorteil. Und jetzt geh hin, meine Frischluftschwester! Mehr wirst du heute Mittag nicht erfahren.« Luna gab sich theatralisch.

Stella tippte sich an die Stirn, nahm Boots und Jacke und verließ das Haus. Es war eigentlich gar nicht kalt. Vier Grad plus mit nur wenig Wind. Bei Tageslicht sah das Haus der Sweeneys aus, als hätte eine Mörderspinne ihr Netz darüber geworfen. Überall Drähte. Die Straßen waren menschenleer. Normalerweise wäre Stella nun in den Stall gefahren. Hätte Puzzle gesattelt und wäre über den Strand geflogen, um für das Rennen morgen zu trainieren: das Skerries Beach Race.

Der sechsundzwanzigste Dezember war der Tag, an dem die Rennen im ganzen Land die Wettlustigen anzogen. Es gab die großen, glamourösen Rennen wie in Leopardstown oder Limerick mit viel Begleitprogramm, außerdem kleinere regionale – wie das Strandrennen von Skerries. Es kamen Leute aus dem Umkreis, Farmer, Pferdebesitzer aus Dublin, die ihre Pferde bei Bauern wie Darragh unterstellten.

Stella hatte fast jedes Jahr mit Puzzle teilgenommen, einmal war sie sogar Zweite geworden, hinter Zoe, der Pokal stand noch in ihrem Zimmer.

Nur einmal war sie nicht geritten, als sie mit sechzehn oder siebzehn wegen Pfeifferschem Drüsenfieber im Bett bleiben musste und so schwach gewesen war, dass sie es kaum bis zum Klo schaffte. Und obwohl sie ihre Mutter verflucht hatte, musste sie tief im Inneren zugeben, dass sie sich niemals auf einem Pferderücken hätte halten können.

Letztes Jahr war das Rennen ausgefallen, weil eine Art Blizzard den Strand und die Dünen in weißen Sturm gehüllt hatte, das Wasser sich bedrohlich aufbauschte und selbst die extrem wetterfesten Iren das Unternehmen als zu gefährlich einstuften.

Heute war alles anders, zerstückelt in Einzelteile, die sie – mit leicht verkatertem Kopf – nicht mehr zusammenfügen konnte. Zoe war schwanger, Stella wünschte ihr alles Glück der Welt. Zoe bekam schon mit sechzehn diesen völlig verzückten Babyblick, wenn sie irgendwo so einen schrumpeligen Zwerg zu sehen bekam. Stella dagegen sah den Menschen als eine Fehlkonstruktion an. Es dauerte ein Jahr und länger, bis er laufen konnte. Katzenbabys waren schon mit zwei Monaten Wunderwerke der Mechanik. Und Meerschweinchen kurz nach der Geburt. Man hatte Zoe mit solchen Reden wunderbar ärgern können.

»Du willst ja wohl den Menschen nicht mit einer Meersau vergleichen«, erboste sie sich. Und Stella hatte einen drauf gesetzt: »Stimmt! Die arme Meersau!«

Ach, Zoe …

Puzzle war in Sicherheit, die jedoch trügerisch war. Sie konnte nicht mehr lange bei Chris bleiben. Natürlich, Daniels Film hatte viel bewegt. Stella sah auf ihr Handy. Warum rief er nicht an? Sollte sie? Konnte sie eine SMS schreiben oder besser nicht? Warum zweifelte sie denn schon wieder? Wahrscheinlich, weil sie einen Kater hatte, tröstete sie sich selbst.

Am Strand ging ein Pärchen Hand in Hand. Stella sah ein paar Männer, die anfingen, für das Rennen aufzubauen, Absperrungen aufstellten, die Wettbude platzierten, einen Holzverschlag, der mit jedem Jahr schäbiger wurde.

Stellas Handy läutete. Es war Daniel.

»Sternschnuppe! Ich hoffe, dir tut der Schädel weniger weh als mir.«

»Na ja, ich hatte heute schon Fencheltee.«

»Oh, dann ist es hart.« Er lachte, erzählte ein wenig vom Abend mit Phoebe und seiner Mutter. »Es war ganz entspannt. Und ich hab eine neue Kamera bekommen, aus den Staaten.«

»Schön.«

»Sternschnuppe, was ist los?«

»Ach, ich steh hier am Strand. Alles ist wie immer und doch so anders. Puzzle ist nicht da. Du bist nicht da. Ich vermiss dich.«

»Ich komme morgen. Das hab ich dir doch versprochen.«

»Jaaaa.«

Eine Pause entstand.

»Reite morgen doch ein anderes Pferd«, sagte Daniel plötzlich.

»Haha, Mister Reid, der Witzbold. Wie du dich vielleicht selbst erinnerst: Darragh ist nicht gerade mein Fan, er leiht mir kaum eben mal so ein Pferd.«

Es blieb wieder kurz still.

»Stella, ich hab dir doch schon öfter gesagt, du sollst mir vertrauen. Das wird alles werden. Genieß den Abend, morgen sehen wir uns. Und trink nicht zu viel. Am besten nur Weißwein. Du weißt, der …«

»… macht klüger.«

»Sehr gut! Ah, da klopft grad der Anruf an, den ich erwarte. Ich meld mich heute noch mal.«

Er erwartete am Fünfundzwanzigsten einen Anruf?

Was für ein merkwürdiges Gespräch war das gewesen? Und dazu ständig dieses seltsame Gefühl im Magen, das nicht weichen wollte. Die Mädels hatten ja recht. Sie war verliebt, mehr als das. Hatte sie den Richtigen schon gefunden? Keine Suche mehr, kein Sich-beweisen-Müssen. Das wäre Chance und Bürde zugleich, denn der Richtige bedeutete eine neue Verantwortung. Kein Geplänkel mehr, kein Spiel auf Zeit oder mit der Zeit? Es war verwirrend, verliebt zu sein. Es barg so viele Zweifel.

Stella ging langsam heim. Pa war nun doch in seinem Kabuff verschwunden, Luna wohl auf ihrem Zimmer, und Anita würde in Kürze vom Airport kommen und sich den Truthahn vornehmen.

Es war 17:30 Uhr geworden. Der Truthahn im Rohr sah gut aus. Ein würziger Geruch zog durch das Haus. Luna hatte eine Weihnachts-CD eingelegt und mal wieder Punsch gemacht, der zu stark war, aber das schwere Essen würde schon etwas aufsaugen. Langsam hatte der Körper bestimmt wieder Ressourcen, die Leber neue Kapazitäten. Es war nun mal Weihnachten, da musste sich die Leber mehr Mühe geben!

Stella rührte gerade an ihrem Cranberry-Relish, Luna machte Kartoffelpüree, urdeutsch zum amerikanischen Truthahn, Anita schälte Karotten. So einträchtig wie gerade eben in der weihnachtlichen Küche waren die drei selten.

»Weißt du noch, wie Mum den Truthahn verloren hat?« Luna lachte schon bei dem Gedanken lauthals auf.

»Klar, bohr in meinen Wunden!« Anita verzog das Gesicht.

Sie hatte vor einigen Jahren am vierundzwanzigsten Dezember von einem Mitarbeiter, dessen Tante Biogeflügel züchtete, einen tiefgefrorenen Truthahn bekommen. Sie nahm ihn mit in den Pub, wo es feuchtfroh in die Feiertage ging. Und Anita vergaß den *turkey* dort und entdeckte das erst zu Hause. Thomas musste sie zurückfahren. Das Pub hatte aber natürlich längst geschlossen und würde, wie alles in Irland, am Fünfundzwanzigsten weiter geschlossen bleiben. Ein Truthahn, der nun wohl auf einer Bank auftaute und in die Kissen tropfte … einsam und verloren in einem Pub in Flughafennähe. Und schlimmer noch: Sie hatten an den Feiertagen nichts zu essen. Es gab dann Toast, Cheddar, Aufschnitt – alles wahnsinnig weihnachtlich. Am sechsundzwanzigsten Dezember fuhren sie alle erneut zum Pub und siehe da: Der pfiffige Inhaber hatte den Truthahn gefunden und erst mal in die Gefriertruhe gegeben. Das Trinkgeld für den Mann war fürstlich, und der Vogel fand leicht verzögert am Siebenundzwanzigsten seinen ihm vorbestimmten Weg.

»Aber das ist dir nie mehr passiert«, meinte Stella grinsend. »Und er hat am siebenundzwanzigsten Dezember ja auch ganz exzellent geschmeckt.«

Thomas war hereingekommen. »Meine schönen Töchter, ich habe Hunger.«

»Dann deck mal den Tisch! Deine unschöne Frau hat darauf keinen Bock«, fuhr ihn Anita unwirsch an.

Stella suchte den Blick ihrer Schwester. So ganz waren ihre Eltern wohl noch nicht fertig mit der Krise. Zu viele Verletzungen, die heilen mussten. Und manche Narben zwickten lange.

Luna rettete die Situation. »Nur schöne Mütter haben schöne Töchter. Und der verfressene Daddy deckt den Tisch. Bitte fünf Teller.«

Wenn sie das als Ablenkung gedacht hatte, dann ging der Plan auf.

»Warum fünf?«, fragte Anita erwartungsgemäß.

»Wir bekommen noch Besuch.«

»Was für Besuch? Am fünfundzwanzigsten Dezember!«

»Mamilein, ich kann jemanden, der aus Vancouver kommt, ja heute wohl kaum im Hotel in Malahide parken. Wenn er dort überhaupt was zu essen kriegt. Diesen *turkey* schaffen wir zu viert eh nie!«

Malahide? Das musste dieser Padraig von gestern sein!

»Im Hotel in Malahide?«

»Ja, das Grandhotel, das einzige hier in der Gegend, das etwas Stil hat.«

»Gott sei gedankt, *boutique style* an der Küste. Wieder der schöne, geheimnisvolle Fremde aus dem Pub? Der *mystery*-Chef?«, witzelte Stella.

»Schön ist er, zweifellos. Und das Geheimnis wird sich lüften.«

Anita grummelte noch etwas von wegen »Familienfest«, dabei war sie normalerweise wirklich gastfreundlich, und das Problem schien wohl eher zu sein, dass sie hätte gefragt werden wollen.

»Und der Besuch kommt wann?« Sie wirkte immer noch etwas angesäuert.

»Jetzt«, sagte Thomas, der am Fenster stand. »Zumindest sieht das aus wie ein Leihwagen.«

Luna preschte zur Tür und stob hinaus.

»Donnerwetter, das hat sie noch nie getan«, meinte Thomas verwundert.

Da konnte Stella innerlich nur zustimmen. Luna hatte ihre Männer bisher immer am langen Arm gehalten und rasch wieder weggestoßen. Sie beherrschte das Weibchen-Spiel in Perfektion: Kommen lassen, heiß machen – der armenische Schweizer in London war das beste Beispiel gewesen. Und nun rannte sie wie bekloppt einem Mann entgegen?

Wenig später kamen die beiden zurück, beladen mit Paketen, die Thomas ihnen erst mal abnahm. Anita war aus der Küche getreten, Stella auch. Der Typ sah wirklich gut aus, nicht ganz Stellas Geschmack, ihr war er zu schön. Aber rein objektiv betrachtet machte er Clooney und Brosnan ganz locker Konkurrenz. Anitas wehrhafte Bastion war schon auf den ersten Blick gefallen. Und als er ihr dann auch noch einen gewaltigen Blumenstrauß aus weißen Rosen, roten Beeren, grünen Zweigen und roten Kugeln überreichte, war sie völlig hin und weg. Dann gab er ihnen allen auch noch artig die Hand und hatte solch ein Strahlen in den Augen, dass man nur kapitulieren konnte vor so viel Charme und guter Erziehung.

Als er Stella sah, wirkte er kurzzeitig völlig durcheinander, als wäre er aus dem Takt geraten. Er gab ihr je ein Küsschen rechts und links.

»Ich hab ein paar Bilder von dir gesehen, Stella. Aber …«

»Aber?«

»Ja, also … du siehst in natura einer Frau, die ich, ich sag mal, kenne, unglaublich ähnlich.«

Luna runzelte die Stirn. »Muss ich eifersüchtig sein?«

»Nein!« Er wandte sich an Stella. »Aber, Stell, ich freue mich jetzt umso mehr, dich kennenzulernen.«

Das war ein etwas merkwürdiger Satz, der aber unterging, weil Luna das Ruder wieder in die Hand bekommen wollte.

»So, also zum offiziellen Teil: Das ist Padraig, unter anderem mein Chef in Vancouver«, sagte sie.

»Unter anderem?«, fragte Stella mit einem Lächeln. »Du warst gestern im Pub?«, wandte sie sich dann an Padraig.

»Ja, ich war im Pub. Und ja, ich bin der Inhaber der Firma, für die Luna gerade designt. Und ich habe das Glück, auch noch ihr Freund zu sein.«

»Freund oder Freund?« Stella ließ nicht locker.

»Ich hoffe doch sehr, dass ich ihr der beste Freund sein kann. Dass ich zudem auch noch mit ihr schlafen darf, ist quasi das i-Tüpfelchen.«

Thomas gab ein kleines Geräusch von sich, Anita stand mit leicht geöffnetem Mund da. Stella nickte anerkennend. Der Typ war mal anders. Völlig sicher in sich selbst.

»Bevor ihr jetzt auch noch wissen wollt, wie oft wir es machen, würde ich doch bitten, von der Fragerei Abstand zu nehmen«, sagte Luna. Sie war aber leicht rot geworden.

Was für ein Entree! Ein Auftritt mit einem Paukenschlag. Padraig aber schien völlig unbeeindruckt und holte aus einer großen Tüte vier Weinflaschen und einen Sekt.

»Die müssten gekühlt werden. Und dann«, er wandte sich seinen Paketen zu, »wäre hier noch ein Cheesecake, der eventuell auch Kühlung verträgt.« Er drückte ihn Stella in die Hand.

»Sehr gut«, sagte Thomas, der als Mann naturgemäß nicht ganz so geblendet war von dem anderen Mann. »Padraig, du hast die Wahl zwischen einem Knappogue Castle 1995, einem Connemara Peated, einem Bushmills 16 YO oder Redbreast 15 YO.«

»Ein Kenner! Ich würde sehr gern den Redbreast nehmen. Sherry, Vanille, Schokolade, ohne Zweifel einer der besten Whiskeys der Welt!«

Und an der Stelle schmolz nun auch Thomas dahin. Ein Kanadier, der mehr kannte als Bushmills und Jameson!

Ein Kanadier, der nie arrogant rüberkam, obwohl seine Firma wohl weit größer und bedeutender war, als Stella sich das vorgestellt hatte. Und wenn er davon erzählte, waren das menschliche Anekdoten. Auch als er über den Wein sprach, den er mitgebracht hatte, klang das empathisch, denn die Winzer waren Nachbarn. Padraigs Familie besaß ein Ferienhaus im Okanagan Valley, dem Weinbautal in British Columbia.

»Ich mag diese Pioniergeschichten«, erklärte er gerade. »Es war 1972, er kam aus Wien, sie aus Rostock, und beide waren Damenfriseure. 1976 kelterten sie ihren ersten Ruländer, sie waren Pioniere und Autodidakten, und sie lieferten auch gleich noch den Anstoß zu einem Gesetz. Denn bis dahin gab es keine Winzerweine, nur Großkellereien und dementsprechend keine Gesetze zum Schutz von Familienunternehmen. Der Wunsch nach Qualität statt Quantität kam den Kanadiern wohl eher suspekt vor. Und nun ist Grey Monk für mich das beste Weingut in Westkanada. Na ja«, er lachte, »wir haben eben das Ferienhaus unweit davon. Der Wein ist mir der nächste. Geografisch und emotional.«

»Ja, diese Geschichten gleichen sich. All die Pioniere haben stets Visionen und kühne Gedanken im Gepäck, Energie und grenzenlosen Optimismus, weniger geballtes Fachwissen«, sagte Thomas.

Die beiden Männer verstanden sich, und Thomas war tatsächlich nicht nur körperlich anwesend.

»Nebenan ist auch eine Ranch«, sagte Luna. »Ich bin da im Sommer sogar geritten.«

»Und du hast nichts verlernt«, meinte Padraig.

»Du im Westernsattel? Gab's den auch in Pink?« Stella grinste. »Früher trug sie Karostrümpfe in Pink und Grau, und die Schabracken mussten dazu passen.«

»Ein gewisses modisches Gespür wohnte ihr eben immer schon inne.« Padraig zwinkerte Stella zu.

»Hmm, und ich war immer die Wildsau.«

»Apropos: Willst du morgen beim Rennen nicht mitmachen?«, fragte Luna, und da lag etwas in ihrem Blick, das Stella nicht deuten konnte. Was sollte das? Bohrte Luna nun doch in ihren Wunden? Sie wusste doch, dass Puzzle an der Westküste war und zudem nicht in der Verfassung, ein Rennen zu laufen!

Bevor Stella antworten konnte, fiel jedoch Padraig ein: »Stella, ich mache dir ein Angebot. Wenn du morgen das traditionelle Strandrennen von Skerries gewinnst, dann spende ich dir eine gewisse Summe für ein Pferdeasyl. Eines, das neu aufzubauen wäre. Ich hab da ein paar Kontakte.«

»Wie? Was?«

»Du gewinnst das Rennen, und ich spende für eine Pferdestation.«

»Aber …«

»Stella, schau. Nichts im Leben ist *for free*«, meinte Luna. »Und dann ist Padraig eben auch ein Wettkönig. Er will auf deinen Sieg wetten.«

Stella war völlig verwirrt. Was war das für eine Nummer? Lastete nun auf ihr die Zukunft der Pferde? Oder wollten die sich über sie lustig machen? Sie fixierte Padraig. Er sah sie unverwandt an. Ein Pokerface. Klar, er war Geschäftsführer einer Weltfirma, der nahm es sicher mit ganz anderen Menschen und Problemen auf.

»Was immer das soll, was immer du dir dabei denkst, ich hab kein Pferd für ein Rennen. Puzzle ist viel zu schwach und zudem nicht da. Bei Darragh ist mein *standing* nicht das beste, um genau zu sein: Er hasst mich! Wo soll ich ein Pferd herbekommen? Du machst mir ein Angebot, das ich gar nicht annehmen kann!«

Padraig lächelte. »Du bist eine sehr kluge junge Frau. Du wirst einen Weg finden. Wir sehen uns morgen am Strand. Ich bedanke mich herzlich für den wunderbaren Abend und würde Luna jetzt gerne wieder entführen. Es ist doch spät geworden. Und der Jetlag hat mich in seinen Krallen.«

Die beiden standen allen Ernstes auf, verabschiedeten sich bei den Eltern, die nicht so wirkten, als hätte sie das Gespräch der letzten Minuten irritiert. Luna warf noch ein »Bis morgen!« in den Raum, und weg waren sie.

»Ich bin auch fertig«, meinte Thomas. »Ich trag noch was in die Küche.« Er stellte Teller zusammen, Anita half ihm.

Waren die alle irre geworden? Gingen einfach so zur Tagesordnung über? Und war das nicht immer so gewesen? Ihre Pferdeliebe hatte die Familie nie verstanden, sondern maximal belächelt.

»Ich geh ins Bett!«, rief sie kurz angebunden.

»Ja, schlaf gut, Schatz«, erwiderte ihre Mutter.

»Daniel!« Stella schrie in ihrem Zimmer fast ins Telefon.

»Was ist los?«

Sie erzählte von Padraig und seinem Angebot. »Das ist verrückt!«, schloss sie.

»Warum? Offensichtlich hat er Geld. Wenn er etwas davon für den Tierschutz spenden will, ist das doch gut.«

»Aber verbunden mit der Bedingung, dass ich ein Rennen reite!«

»Du kannst reiten.«

»Ich hab kein Pferd! Spinnt ihr jetzt alle? Reite du doch!«

»Mir hat Padraig das aber nicht angeboten.«

»Ja, dieser Idiot! Gibt sich ganz geheimnisvoll. Ist zu schön, um wahr zu sein. Was soll das alles?«

»Er wird Gründe haben. Er ist Geschäftsmann. Vielleicht will er dich testen.«

»Na toll! Testen! Wofür? Wozu?«

»Stella, Sternschnuppe, vertrau mir! Vertraust du mir? Muss ich das nun schon wieder fragen?«

»Nein, ja, aber …«

»Kein Aber. Du bist morgen in Reitsachen am Strand. Das Rennen startet um elf. Wir treffen uns um halb zehn.«

In Stellas Kopf explodierten die Gedanken.

»Stella? Bist du noch dran?«

»Was soll das? Willst du mir ein Pferd hinstellen? Ich kann nicht irgendein Pferd reiten. Du kannst das vielleicht. Du bist der Zauberreiter, der Pferdeflüsterer. Ich bin niemand. Und außerdem haben wir mich nicht gemeldet.«

»Stella, *the German*! Nicht gemeldet! Ihr seid Einwohner von Skerries, dann melden wir dich morgen früh eben nach.«

»Aber ich hab kein Pferd! Warum ist das so schwer zu verstehen?«

»Stella, ich frag jetzt zum letzten Mal: Vertraust du mir?«

»Ja.«

»Gut.«

»Aber wieso ich? Was will Padraig von mir? Das ist doch nicht normal!«

»Weil du diejenige warst, die den Stein ins Rollen gebracht hat. Die nicht hingenommen hat, dass Dinge eben so sind. Die in Dublin schrägen, gefährlichen Typen Paroli geboten hat. Es ist dein Kampf. *You are invincible, you are the king, and you will win*«, summte er.

»Aber …«

»Sternschnuppe, ich liebe dich, obwohl du ständig ›aber‹ sagst. Schlaf jetzt. Trink von mir aus noch irgendwas, das müde macht. Aber nicht zu viel davon.«

Es klickte, er hatte einfach aufgelegt.

Er hatte gesagt: Ich liebe dich. Sie liebte ihn auch. Schon lange. Eigentlich sehr kurz, aber in einer anderen Welt, auf einer anderen Zeitskala liebte sie ihn schon immer.

Sechzehn

Mittwoch, 26. Dezember

Da war er nun, der St Stephen's Day. Der Tag der Rennen!

Als Stella um halb neun ins Erdgeschoss ging, war noch niemand wach. Typisch, die verschliefen wieder mal alles. Seltsamerweise aber war Kaffee in der Maschine. Vielleicht hatte Thomas irgendeine binäre Eingebung gehabt. Für ihn zählte weder der Tag noch die Tageszeit. Seine digitale Welt hatte mit analogen Daten wenig zu tun.

Luna war mit Padraig im Hotel und würde es wahrscheinlich bis elf gar nicht aus den Federn schaffen. Und Padraig? Der würde wohl kommen müssen. Um was zu sehen? Wie sie mit einem Steckenpferd durch den Sand rannte? Vielleicht war das der Test? Es gab nämlich wirklich ein Juxrennen mit Sackhüpfen und Steckenpferdeparcours, das immer von viel Getränken und Gejohle begleitet wurde. Es trennte die ersten zwei Rennteile: Es gab ein Ponyrennen für Kinder bis zwölf Jahre. Dann ein Rennen für Großpferde und als Höhepunkt das Rennen für alle Ponys bis zum Stockmaß von 1,48 Meter.

Dass die Ponyklasse das Highlight war, lag daran, dass natürlich die meisten Einheimischen Connemaras besaßen.

Als Zoe damals mit Rihany gewonnen hatte, gab es zwanzig Starter, darunter sehr schnelle Pferde – und Rihany und Puzzle hatten dieses Feld damals dennoch besiegt.

Ach, Puzzle, was sollte bloß aus ihr werden? Stella konnte die Stute nicht mit nach Bayern nehmen, selbst wenn sie das Tier kaufen würde. Von wem eigentlich? Wem gehörte die kleine Stute denn nun?

Die Fragen brannten, zogen Kratzspuren über ihr Herz. Nichts war besser geworden. *Ich liebe dich*, klang da irgendwo ganz leise durch. Daniel hatte recht. Sie hatten turbulente Tage erlebt, sie musste es also zu Ende bringen. Wobei ihr nicht klar war, welches Ende das sein würde.

Stella schlüpfte in ihre gute Reithose, eine beigefarbene, die sogar fleckenfrei war. Keiner dieser Grasflecken, die nie mehr ganz rausgingen. Sie zog einen dicken weißen Rollkragenpullover an und einen marineblauen Blouson, den sie, seit sie achtzehn war, bisher jedes Jahr zum Rennen getragen hatte. Zwei Paar Socken, Chelsea Boots, Chaps, sie würde mit ihrem Steckenpferd in jedem Fall gut aussehen und nicht frieren.

Als sie die Tür zuzog, war es windstill, nicht sonderlich kalt, und es war trocken. In der Einfahrt stand kein Auto. Die hatten ja Nerven!

Stella packte ihr Rad und hielt auf den Strand zu. Es war einiges los: Menschen, Autos, Pferdehänger, manche Teilnehmer von den Höfen im Umland kamen auch einfach zu Pferd. Es war eine Art Volksfest. Stellas Magen krampfte sich zusammen.

Wie jedes Jahr befanden sich die Meldestelle und der Abreiteplatz am südlichen Strandabschnitt. Stella hatte ihr Rad an einen Zaun gelehnt und schlingerte durch den Sand, als ihr jemand von hinten auf die Schulter klopfte. Es war Marcy.

»Stella, das ist alles etwas blöd gelaufen. Und es stimmt nicht, dass ich zugestimmt habe. Ich wusste von nichts. Ich hab meinen Vater echt flott gemacht. Bitte glaub mir das!«

Stella sah Marcy prüfend an. Ja, sie glaubte ihr.

»Es war einfach so ein Schock. Ach, Marcy, vielleicht bin ich auch wirklich das dumme verzogene Mädchen aus Deutschland, das nichts verstanden hat von Irland.«

»Nein, du konntest nichts dafür. Ich hab ihn gezwungen, Rihany zurückzuholen. Das machen wir die Tage.«

»Und Puzzle?«

»Die hat einen anderen Platz, hab ich verstanden.«

»Was für einen Platz?«

»Einen Traumplatz wohl.«

Chris konnte doch nicht einfach Puzzle vermitteln? Stella hatte den Eindruck, jeder Tag würde sie mehr und mehr von dem wegtreiben, was sie ursprünglich gewollt hatte. Alle redeten in Rätseln, das Leben schlug Haken, sie konnte überhaupt nicht mehr folgen. Sie war eine Getriebene.

»Marcy, das versteh ich nicht!«

»Stella, du hinterfragst zu viel. Vergiss das jetzt mal. Was ich jedenfalls verstanden hab, ist, dass da einige viel Geld auf dich gewettet haben. Muss ja ein Wahnsinnsgaul sein. Aber glaub ja nicht, ich lass dich gewinnen! Cassidy geht lahm, ich hab mir ein pfeilschnelles Pony von einer Einstellerin aus Dublin geliehen. Sie selbst hat Angst vor ihrem Pferd. Und vor Geschwindigkeit! So ’ne Bodenarbeitstussi, die haben Angst vor dem Reiten, machen lieber Stangentreten und Clickern.« Sie lachte. »Toi, toi, toi, möge die Bessere gewinnen.«

Was redete Marcy da? Und auf einmal war Stella umringt von ihrer Familie, auch Zoe, Alex und Padraig. Sie trugen alle T-Shirts über ihren Jacken mit dem Aufdruck »Team Stella«.

»Was macht ihr? Was …?«

»Nicht blöd rumstottern! Jetzt mal los!«, rief Zoe ausgelassen.

»Aber echt«, kam es von einer bekannten Stimme.

Stella fuhr herum. Da stand Phoebe und nicht nur sie, sondern auch ein auf Hochglanz geputzter Bobby, der eine Schabracke mit einem Kreuzfahrer-Kreuz und der Aufschrift »Team Stella« trug. Und Daniel mit Stella-Maria, die ebenfalls mit einer solchen Schabracke ausgestattet war. Die Eselin hatte die Lippe etwas hochgezogen und die Nüstern auch, man konnte ihr ansehen, dass ihr das ganze Spektakel unheimlich war. Aber sie hatte Daniel bei sich.

Eine Frau, eine sehr gepflegte Erscheinung, hielt Stella die Hand hin.

»Hallo, ich bin Ann, Daniels Mutter. Ich freu mich sehr, dich kennenzulernen. Du warst großartig im Fernsehen. Und in natura bist du noch viel hübscher.«

Stella war völlig überrumpelt. »Ich freu mich auch. Ich bin etwas …«

»Sternschnuppe, Höflichkeiten tauschen wir nachher aus. Jetzt aber aufs Pferd! Ich hab Stella-Maria das Versprechen abgenommen, dass sie für die Dauer der Rennen bei mir bleibt. Das wird aber nicht ewig gut gehen.«

Stella war komplett paralysiert. Sie starrte auf Bobby.

»Phoebe, ihr seid den ganzen Weg von Cong gekommen? Aber …«

»Gestern schon. Bobby hat sich in Bergen von Stroh ausgeruht. Wir waren bei Darragh. Dem tut das alles leid. Seiner Frau auch. Die haben ihn fürstlich bewirtet. Bobby ist fit. Er will nur eines: siegen.« Phoebe lachte hell auf. »Du solltest dich allerdings kurz ans Tier gewöhnen, den Rest macht er dann schon. Nicht wahr, Bobby Boy? Los jetzt!«

Daniel hielt ihr den Steigbügel hin. Stella stieg auf, der Sattel war angenehm, hatte genügend Pauschen. Bobby war ziemlich breit, das war fast wie Kaltblutreiten. Und vor ihr waren sein dicker Hals und die kleinen Mauseohren, die interessiert spielten. Daniel stellte ihr die Steigbügel ein.

»Ihr seid alle total irre«, flüsterte Stella.

»Mag sein, aber dein irrer Trainer kann dir Folgendes sagen: Es gibt zwei Vorläufe mit jeweils acht Pferden. Die ersten vier kommen weiter. Halt ihn ein bisschen im Zaum, damit er sich nicht gleich zu sehr verausgabt. Im Halbfinale kommen von den acht wieder vier ins Finale. Marcy hat ein gutes Pferd, Erin auch.«

»Erin reitet mit?«

»Ja, und die lässt dich auch nicht gewinnen, ein paar ihrer

Schulkinder sind da, und da gibt die sich keine Blöße.« Daniel lachte.

»Aber ...«

»Aber nix. Konzentrier dich. Trab ihn mal an.«

Stella tat wie ihr geheißen, Bobby hatte ungeheuer viel Schub, er war ein Kraftwerk und trotzdem sehr leicht zu regeln.

Nach ein paar größeren Volten meinte Daniel: »Okay, passt. Viel Glück! *You are invincible.* Ab zur Aufstellung.«

Bobby stand neben Erins Pferd ganz außen, es war von Vorteil, nicht mitten im Pulk reiten zu müssen. Der Ansager stellte die Pferde vor, es herrschte Volksfeststimmung, die Zuschauer reckten Bier in Flaschen und Dosen gegen einen Himmel, der nun blau wurde. Ein perfekter Renntag.

»Zieh dich warm an«, rief Erin herüber.

Der Schuss knallte. Bobby hatte ein paar Sekunden, in denen er nicht ganz wusste, was hier gespielt wurde. Aber dann begriff er: Rennen! Und stob davon. Stella spürte erneut seine Kraft. Sie flog an drei Pferden vorbei, nahm Bobby etwas auf und kam als Dritte über die Ziellinie. Ihr Atmen galoppierte, sie hatte sich mehr verausgabt als Bobby.

Daniel kam angelaufen. Stella-Maria schien froh zu sein, ihren Kumpel zurückzuhaben. Bobby gab der Eseldame einen Knuff.

»Das ist vielleicht ein Rüpel«, meinte Daniel, der das beobachtet hatte. »Aber seine Dampfhammer-Manieren sind gepaart mit einer Seele aus purem Gold.«

»Ich bin noch nie so geritten. Puzzle war ein dünnes, schmales Pferdchen dagegen.«

»Bobby, *the conquerer.*« Daniel lachte und warf Stella eine Kusshand zu. »Gut, Madam, beim nächsten Mal weiß er, um was es geht. Lass ihn gehen, schau nur, dass du Marcy nicht zu nahe kommst. Die Stute ist zickig. Die keilt unter dem Reiten aus.«

Der zweite Vorlauf war vorbei, das Halbfinale stand an. Und wie Daniel prophezeit hatte, war Bobby jetzt voll motiviert. Er scharrte auf der Startlinie, donnerte dahin und kam hinter Marcy als Zweiter ins Ziel. Stella war unter den letzten Vier! Aber das Pferd von Marcy war filigran und extrem schnell, ob Bobby das schaffen würde?

Der Ansager gab den Zuschauern, die teils wegen der Dezembersonne ihre Jacken schon ausgezogen hatten, die Chance, ihre Biervorräte aufzufüllen. Und plötzlich überfluteten Stella erneut die Bilder. Padraig, der ihr eine solche Bürde aufgeladen hatte. Phoebes Lachen, als sie Bobby kaufte. Daniels Gesicht und immer wieder die Frage: »Vertraust du mir?«

Zum Finale schienen noch mehr Leute gekommen zu sein. So viele hatten das Strandrennen wohl nie zuvor besucht. Erin war ausgeschieden. An der Startlinie standen nur noch Marcy, zwei junge Männer, Söhne von Paddy Burkes, einem Connemara-Züchter aus dem Hinterland – und Stella. Drei Connemaras und ein Tinker. Stella klopfte Bobbys Hals. Er schwitzte bisher kaum und scharrte wieder im Sand. Er hatte Spaß, richtig Spaß!

Und dann der Knall. Alle vier Pferde kamen gut los, lagen gleichauf. Stella nahm wahr, dass das Rennvolk am

Rande der Bahn aufschrie, sie nahm wahr, dass einer der Burkes-Jungs neben ihr die Gerte auf den Hals seines Ponys klatschen ließ. Stella hatte ihre Hände ganz weit vorne, die Schenkel trieben nun etwas mehr, und dann zündete noch ein Turbo. Bobby flog, er flog wie Odins Raben, er berührte den Sand nicht mehr, er flog über die Ziellinie wie Pegasus, wie das letzte Einhorn, wie das Ross von Richard the Lionheart.

Es dauerte, bis Stella begriff, dass sie vor den Menschen da vorne anhalten musste. Den Tinker stoppen. Ein paar sprangen zur Seite.

Beifall brandete auf. Immer mehr. Lacher mischten sich darunter. Rufe.

»Ich hab noch nie einen dicken Tinker so rennen sehen.«

Von einem Mann, den Stella flüchtig kannte, kam ein: »Stella Bauer, ich kauf dir den ab. Dreitausendfünfhundert Euro auf der Stelle!«

Daniel, Phoebe und die Eselin hatten aufgeschlossen. Phoebes Augen sprühten mal wieder.

»Junger Mann, ich bin die Besitzerin. Das ist meine Jockette. Dieses Pferd ist natürlich unverkäuflich. Du glaubst ja gar nicht, was der allein schon in der Anschaffung gekostet hat.«

Daniel lachte auf, und Stella versuchte, ihren fliegenden Atem unter Kontrolle zu bekommen. Der Esel trötete eine Wiedersehenssalve, nur Bobby war völlig unbeeindruckt und versuchte, etwas von dem sandigen Gras zu fressen.

Ihre Familie war da, jede Menge Leute, die Stella kannte. Dann kam auch Marcy, die ziemlich sandig aussah.

»Gratuliere, Stell. Ich musste leider den Sand küssen.

Meine Stute dachte wohl, sie ist bei der Eislaufkür und gewinnt mit besonders hohen Sprüngen. Rittberger oder Toeloop. Meine B-Note ist *shit*!«

»Ist dir was passiert?«

»Nein, ich fress gerne Sand. Dann hat man einen Grund, ihn runterzuspülen«, sagte sie lachend.

Padraig hatte Karotten dabei, die Luna gerade verfütterte. Er war neben Stella getreten. Legte seine Hand auf ihr Bein.

»Ein Husarenstück. Stella, wir reden nachher. Und ich danke dir. Ich danke dir so sehr. Du kannst dir gar nicht vorstellen, was mir das bedeutet!«

Er dankte ihr?

»Du musst zur Siegerehrung«, mahnte Daniel. »Los!«

Und da stand nun Bobby wie ein Fels im Sand, umtänzelt von zwei weitaus nervöseren Connemaras. Und der Sprecher verkündete das Endergebnis: »Dritter Platz Paddy Burkes junior auf Burkes Shadow vor Pete Burkes auf Burkes Sarah auf dem zweiten Platz und davor, auf dem ersten Platz, Stella Bauer auf Bobby!« Er machte eine Kunstpause und brüllte ins Mikro: »*The fastest Tinker Ireland has ever seen!*«

Beifall und vielstimmiges Lachen, ein gänzlich unbeeindruckter Bobby und Stella, die versuchte, ein paar Tränen wegzuwischen. *We are invincible*, alles in ihr jubelte.

Es traten einige Bekannte auf sie zu, um ihr zu gratulieren, und da war auf einmal Darragh, der seine Mütze in der Hand hielt.

»Stella, ich, ja, was soll ich sagen?«

»Passt schon, Darragh. Du holst Rihany, das ist schön. Aber Puzzle …?« Sie brach ab.

»Die geht doch zur Reid.«

»Was?«

»Stimmt!« Das kam von Phoebe, die bis eben mit Burkes senior über Connemara-Zucht philosophiert hatte, die beiden bombardierten sich gegenseitig mit Hengstnamen und Zuchtlinien.

»Aber …«

»Stella! Schau, ein Esel gehört unter Esel und ein Pferd unter Pferde. Bobby braucht pferdische Konversation. Und wenn du und Daniel mich besucht, dann könnt ihr zusammen ausreiten. Ich meine, Puzzle ist vierzehn, da hat sie noch locker zehn Jahre.«

»Aber du wolltest doch mit Pferden aufhören?«

»Eher beendet ein Heroinabhängiger seine Sucht als meine Mutter ihren Pferdewahn«, meinte Ann lächelnd. »Und Gott sei Dank gibt es in Cong ein paar Mädchen, die reiten und auch mal helfen werden. Wenn Daniel jetzt auch die Insel verlässt.« Sie zwinkerte ihrem Sohn zu.

»Was? Wie?«

»Ja, Stella, ich wollte dich vor dem Rennen nicht aus dem Konzept bringen, aber ich wollte dich bitten, darüber nachzudenken, ob du jemanden kennst, der in München vermietet.« Er schaute dazu ganz unschuldig.

»Aber wieso?«

»Na ja, ich arbeite jetzt erst einmal ein halbes Jahr lang bei einer TV-Produktion in München. Die haben wohl meinen Beitrag gesehen. Was dann wird – wir werden sehen. Und es soll ja waaaahnsinnig schwierig sein, in München eine Wohnung zu finden. Kennst du also jemanden mit einem Zimmer? WG oder so?«

Stella starrte ihn immer noch an.

»Hallo, Stella! Kennst du jemanden mit einem Zimmer?«, fragte er noch mal.

Allmählich begann sie zu begreifen. Sie lächelte. »Ich kenn vielleicht eine, die hat Vakanzen. Die sagt aber immer ›aber‹ …«

»Na ja, bei dem Wohnungsmarkt darf man nicht wählerisch sein, oder?«

Stella gab ihm einen Knuff.

»Dann haben wir das ja auch«, stellte Luna fest. »Padraig wollte euch auch noch was mitteilen.«

»Genau! Ich würde euch nachher gerne alle bei Zoe im Pub sehen. Um fünf wäre schön. Die Getränke gehen auf mich. Ich muss euch allen etwas erzählen.«

Er war ein Meister der kryptischen Reden. Und ein Meister darin, nach solchen Ansagen einfach zu verschwinden. Den Arm um Luna gelegt, ging er davon.

»Weißt du, was er will?«, fragte Stella Daniel.

»Geduld, Sternschnuppe. Lass uns mal die Tiere versorgen, und dann wird Padraig schon alle Deckel von allen *Magic-mystery*-Truhen heben.«

»Ja, genau, mit Druidenkappe und so. Ihr spinnt doch alle!«

Die Spinner tranken noch Bier, ließen die Flaschen zusammenklingen und brachten Bobby und Stella-Maria dann zu Darragh. Wo Evie sie auch noch zu einem Bier nötigte. Über dem Eingang des Hauses hing ein Mistelzweig – als

Symbol für Frieden und Wohlwollen. Und gerade heute, nach all der Verzweiflung, nach all den bösen Worten und Gedanken, hatte der Zweig eine besondere symbolische Bedeutung.

»Los! Küssen!«, rief Marcy ausgelassen.

»Ja, küssen!« Evie klatschte in die Hände.

»Nun denn.« Daniel grinste und küsste Stella unter dem Mistelzweig. Sehr lange.

»Reicht!« Marcy grinste. »Da wird man ja neidisch.«

»Ich bin im Flux, dem ewig Fließenden. Zwischen Ebbe und Flut, zwischen Tag und Nacht. Die Mistel ist mir heilig, ein Gewächs, das nicht Baum, aber auch nicht Blume ist«, sagte Daniel todernst.

Marcy schüttelte den Kopf. »Ihr passt echt gut zusammen. Der Druide und die Elfe, Stella glaubt doch seit jeher an jeden Keltenquatsch.«

»Zu Recht«, sagte Daniel lächelnd. »Die Kelten schrieben der Mistel eine heilende Wirkung zu. Ihr Gebrauch wurde sogar für einige Zeit als Symbol des Heidentums verboten. Passt nur auf, man weiß nie, was unter der Mistel passiert.«

»Alles klar, ihr Irren.«

Schließlich brachen Stella und Daniel auf. Die Uhr rückte vor, die Spannung stieg. Stella hatte zu Hause geduscht. Daniel war zu Ann und Phoebe gefahren, sie übernachteten alle in einem B&B im Ort. Sie hatten das alles also generalstabsmäßig geplant. Und Stella war sich inzwischen sicher, dass das Rennen noch nicht das furiose Finale sein konnte.

Siebzehn

Da saßen sie nun alle im Pub, hatten eine Suppe und Sandwiches gegessen, und die Luft flirrte. Stellas Familie war da, Daniels Mum und Grandma, Erin, Gianna, Alex, Zoe, Darragh und seine Familie, und dann ging die Tür auf: Barbara und Joe sowie Liam mit seiner Frau kamen.

»Aha, dann sind wir komplett«, sagte Padraig.

Ein paar Stühle rückten, Alex drückte den Neuankömmlingen noch ein Getränk in die Hand. Und dann war es plötzlich mucksmäuschenstill im Pub. Man hörte sogar den Wasserhahn tropfen und einen Kühlschrank rauschen. Padraig nahm noch einen Schluck von seinem Guinness, und dann begann er mit einer leisen, unaufgeregten Stimme zu sprechen.

»Wir haben, einige von euch wissen das ja bereits, ein großes, ja, sehr großes Textilunternehmen in Vancouver. Wir fertigen in Kanada und nur dort, wir folgen extrem hohen Öko-Standards, was unseren Wareneinsatz, Energie und so weiter betrifft. Ich will euch da jetzt gar nicht langweilen, wir wollen in jedem Fall Ökomode machen mit Designs, die noch vor dem Trend kommen. Eine besonders begabte junge Frau aus Deutschland oder auch Irland hat für uns gerade eine Kollektion entworfen, die in ganz Nordamerika mit diversen Preisen ausgezeichnet wurde.« In dem Blick, den er Luna zuwarf, lagen Liebe und viel Respekt.

Stella horchte auf. Mehrere Preise? Sie wusste nur von einem. Und Ökomode? Ihre Schwester? Die Stella vor allem für oberflächlich hielt? Das hieß ja, dass der Hoodie von ihr designt worden war! Und die Kollektion trug ihren Namen? »Stell«. Luna hatte eine Kollektion nach ihr benannt?

»Nun, ich will nicht aussparen, dass auch wir in Bangladesch produziert haben, mit ebenjenen unzulänglichen Brand- und Gebäudeschutz-Maßnahmen, die immer wieder zu schlimmen Unfällen, zu sinnlosen Toden unter den Ärmsten führen. Alle westlichen Großabnehmer von Textilien versagen, reiten auf der Billigschiene und bereichern sich auf Kosten der Arbeiter. Und sie tun das weiterhin. Wir hätten das vielleicht auch getan, wenn mein Vater und ich nicht nach dem Tod meines Großvaters 2010 – und da war er stolze neunzig Jahre alt – ein Tagebuch oder besser eine Autobiografie hätten lesen müssen. Die wurde 1890 für den Enkel aufgezeichnet. Also für meinen Opa. Ich sage bewusst: lesen mussten, weil mein Opa auf dem Sterbebett sagte, wir sollten alle weiteren Entscheidungen so treffen, wie die Schreiberin es für gut erachtet hätte. Also war das Buch das Werk meiner Urururoma.«

»Ganz schön viel ›Ur‹«, kommentierte Daniel lächelnd.

»Wohl wahr. Ihr Name war Enya, geboren 1830, eine ungewöhnliche Frau, Kämpfernatur, durch und durch Irin, wetter- und gewittererprobt, mutig, zäh und nie bereit, sich vom Schicksal niederdrücken zu lassen.«

Sie alle warteten. Auf Padraigs Gesicht lagen etwas Versonnenes und eine große Konzentration.

»Kennt ihr *Jeanie Johnston*?«

Nach einer Weile sagte Stellas Vater: »Das Schiff? Das alte Schiff, das in Dublin auf dem Liffeyquai liegt?«

»Was da liegt, ist eine Replik. Das Original wurde übrigens in Kanada gebaut, in Quebec. Jenes Schiff, das von Tralee nach Nordamerika fuhr.«

»Mit Emigranten«, sagte Daniel überrascht. »Sie gilt als das Schiff, das nie einen Passagier verloren hat, sondern im Gegensatz zu vielen der Sargschiffe alle Passagiere lebend in der Neuen Welt abladen konnte. Und mit Holz zurückfuhr.«

»Ja, der Kapitän muss ein feiner Mann gewesen sein. Er hat das Schiff nie überladen und hatte sogar einen Arzt an Bord, und er gab den Menschen etwas zu essen. Und Ironie des Schicksals: Die *Jeanie* havarierte erst, als sie nur noch Holz fuhr. Und selbst dann kamen alle Besatzungsmitglieder unbeschadet an Land.«

»Und auf dem Schiff war deine Urururoma?«, fragte Daniel.

»Ja, Enya mit dem Söhnchen Padraig. Sie brachen 1849 am Lough Coolin auf.«

»Wo?«, rief Stella erschüttert.

»Lough Coolin. Ein winziger See zwischen Lough Mask und Lough Corrib«, antwortete Padraig.

»Wir waren dort! Es ist Daniels Lieblingsort. Da waren einige verfallene Häuser. Es war düster dort. Kalt. Das kann doch nicht sein, dass deine Enya von dort stammt?« Stella flüsterte nur noch. Ihre Stimme brach.

»Stella, sicher kann es sein. Manchmal dauert es Jahrhunderte, bis sich die Dinge reimen«, sagte Padraig ganz sanft. »Lass mich weiterreden. Enya wollte nach Tralee in Kerry. Ein brutaler Weg, ein weiter Weg, ihr Mann Liam starb unterwegs. Eine blutjunge Frau mit Kind allein in einem Land, in dem es nichts mehr zu essen gab. Und in England interessierte es niemanden, ob da die Iren krepierten. Im Gegenteil: Viele goutierten, dass die renitenten Iren starben. Denn es gab ja auch noch Getreide und auch Tiere in Irland. Aber alle auf der Insel so dringend benötigten Produkte wurden des höheren Profits wegen nach England verkauft.«

Padraig atmete durch. Blickte auf seine Zuhörer. »Wir sprechen heute davon, dass diese demografische Schrumpfung das Land politisch und kulturell aus den Angeln gehoben hat. Das las auch ich in Büchern, ich, der Kanadier mit irischen Wurzeln. Aber durch Enyas Buch lernte ich, dass Krieg, Hunger, Irlands Landesgeschichte ein millionenfaches Einzelschicksal ist. Millionen Mal Tod, Verzweiflung und der Mut der Verzweiflung. Und ich lernte, dass sich die Geschichte wiederholt. Der Mensch lernt nichts dazu oder eben doch nur, die gleichen alten Ausbeutermuster mit neuen Farben zu bemalen. Denkt an die unwürdigen Szenen im Mittelmeer heute. Denkt an unwürdige Arbeitsbedingungen überall auf der Welt. Und da war der Moment, in dem ich das Buch zuklappte, weil ich wusste, dass wir das

Steuer umlegen können. Unter anderem mit anderen Produktionsbedingungen. Mit Fairness.«

Es war wieder Daniel, der Worte fand: »Aber dann ist Enya in Kanada angekommen. Und mit ihr der kleine Sohn?«

»Ja, ist sie. In Quebec. Wo sie sich als Näherin durchgeschlagen hat. Ebenfalls bei Iren, die aber schon um 1800 ausgewandert waren. Vierzehn Stunden am Tag schuftete sie in lichtlosen Kellern. Wo sie Kartoffelschalen fraß. Und wo sie den Sohn des Chefs getroffen hat, der ihr einen besseren Job beschaffte und noch einen besseren. Wo sie nach drei Jahren in der – heute würden wir sagen – Designabteilung ankam. Und den Sohn heiratete, der Padraig als sein Kind annahm. Sie hatten keine weiteren Kinder, aber Padraig heiratete, und so kam 1890 mein Uropa zur Welt, nach ihm noch drei Mädchen. Man siedelte an die Westküste über, und es ging weiter mit den Padraigs und den Textilien. 1950 wurde mein Pa geboren, 1980 ich, und ich durfte eine lange Zeit noch den Opa miterleben. Seine Visionen von einem Leben, das gerechter sein könnte.«

»Und Enya?«, fragte Stella, deren Inneres in Aufruhr war. Sie hoffte inständig, dass Luna diesen Mann nicht gehen lassen würde. Padraig war mehr als ein Hauptgewinn. Hauptgewinne kamen ja oft in großer Verpackung daher, Padraig brauchte die nicht.

Er lächelte Stella an. »1900 starb Enya. Es gibt aus Irland Mitte des 19. Jahrhunderts keine Fotografien, wie auch, die Familie war bitterarm. Aber es gibt eines von der Hochzeit 1853. Da war sie dreiundzwanzig Jahre alt. Eine Sensation war so ein Foto natürlich auch, so eine Fotokiste war ja pure

Zauberei. Und sicher sehr teuer. Aber die O'Brians waren begüterte Leute.«

Padraig öffnete seine Tasche und zog ein Kuvert heraus. Darin steckte ein Bild, das wiederum in Seidenpapier eingeschlagen war. »Vorsicht!«

Sie trauten sich kaum, es anzufassen, das Bild von Enya. Und sie alle waren verstört. Hätte man Stella in ein historisches Gewand gepackt, auf einem dieser Jahrmärkte, wo dann einer mit einer ebenso historischen Kamera unter dem schwarzen Tuch zur Belustigung der Neuzeitler Bilder schoss – dann wäre dabei ein Foto herausgekommen, das genauso aussah wie dieses bräunliche Bild.

»Das ist ja Wahnsinn«, flüsterte Luna.

»Ja, deshalb war ich gestern kurzzeitig so irritiert, als ich Stella zum ersten Mal sah. Es ist, als würde sich ein Kreis schließen. Enya war zerbrechlich schön. Und doch sprach aus ihr eine große Kraft. Wie bei Stella.«

Stella hatte Mühe, die Tränen zurückzuhalten. Daniel drückte ganz kurz ihre Hand. Padraig nahm seinen Schatz wieder an sich und steckte ihn zurück in das Kuvert.

»Wo immer sie war, öffnete sie die Herzen. Sie schreibt, dass sie in Limerick kurzzeitig in einem der Arbeitshäuser unterkommen musste. Dort starb dann auch ihr Mann Liam. Zwei andere Männer wollten sie vergewaltigen und taten es doch nicht, weil Enya behauptete, sie habe Syphilis und sei hochansteckend.« Er blickte in die Runde. »Das muss man erst mal fertigbringen. Die Panik wegdrücken. So reagieren. Sie schreibt, dass sie im Schneesturm in Listowel ankam und der kleine Padraig ganz blau war. Farmer, die ihr letztes Pferd geschlachtet hatten, gaben ihr zu essen und Brühe für das Kind. Sie blieb dort einige Tage, weil der Junge die Weiterreise nicht überlebt hätte. Sie schreibt, dass ihre Schiffspassage einen Tag später ging, dreißig Kilometer entfernt, was im Prinzip mit dem Kind nicht mehr zu schaffen war. Aber sie hatte die Passage für genau diese Fahrt. Nur diese. Als sie in Leith Cross ankamen, waren sie völlig entkräftet. Die Zeit lief gegen sie. Doch ein Mann gab ihr seinen Karren mit einem uralten, dürren Pferd. Aber sie war doch schneller mit dem Pferd und erreichte den Quai. Das Pferd brach an der Deichsel im Hafen zusammen. Sie hatte keine Wahl. Sie musste rennen. An Bord hörte sie den Schuss. Jemand hatte das Pferd erlöst oder sah Nahrung darin.«

Es blieb lange still. Und es war keine Schande, dass Tränen ihren Weg über Wangen suchten.

»Zweimal rettete ein Pferd Enyas Leben und das ihres Sohnes. Es gäbe uns nicht ohne Enya. Seit wir das wissen, unterstützen wir in Kanada eine Pferdnothilfe. Und wir werden in Irland eine Stiftung gründen, die Enya-O'Brian-Stiftung, für einen Hof, der Enya O'Brian Horse Welfare heißen könnte. Darum musste Stella reiten. Niemand sonst. Stella, es tut mir leid, ich konnte dir das vorher nicht sagen. Ich musste es selbst erst begreifen. So war es, als wäre Enya selbst geritten. Und nun: Stella, hier bitte schön!«

Padraig gab ihr einen Scheck. Die Zahlen verschwammen in den Tränen. Zwei Millionen kanadische Dollar?

»Das ist für den Bau der Nothilfestation. Joe und Barbara werden sie aufbauen und leiten. Sie haben uns den Grund zur Verfügung gestellt. Wir wollen mit Pferdeschützern zusammenarbeiten.« Er nickte Liam zu. »Chris lässt sich entschuldigen, sie kann wegen der Tiere nicht weg. Wo war ich stehen geblieben? Ach ja: Hinzu kommt unsere Verpflichtung, jeden Monat viertausend Dollar für den Hof zu überweisen. Die Anwälte sind ab morgen dran, das alles rechtlich auf sichere Beine zu stellen.«

»Aber, aber …«

»Sie sagt immer aber«, warf Daniel ein.

Stella ignorierte diesen Einwurf und fuhr fort: »Ich glaube, das hat Enya auch getan. ›Aber‹ gesagt! ›Aber‹ dazu, dass Frauen nichts wert waren. ›Aber‹ gesagt dazu, dass sie den ihr vorgezeichneten Weg gehen sollte.«

»Aber Padraig, dann hast du mich veräppelt. Du hättest mir das Geld auch gegeben, wenn ich das Rennen verloren hätte?« Stella sah ihn an, diesen schönen Mann, der so empathisch war.

»Sicher, Stella. Das war vorher klar. Du bist eine Heldin. Wie Enya. Ein Teil von ihr ist in dir«, erwiderte Padraig.

»Ich sag doch, sie hat eine irische Seele«, sagte Phoebe.

»Und du warst so verzweifelt. Wir wollten dir zeigen, dass du alles erreichen kannst«, sagte Luna, und die Tränen in ihren Augen war ebenso selten wie echt.

Stella starrte immer noch auf den Scheck.

Luna lachte Zoe an. »So, Leute, können wir endlich mal einen trinken?«

Zoe nickte, mechanisch, sie alle standen unter dem Eindruck der letzten halben Stunde. Und sie begann Poteen einzuschenken.

»Nur eins noch, bevor ihr euch alle zuschüttet«, sagte Luna. »Stella, wenn Padraig und ich im April in Vancouver heiraten …«

»Ihr heiratet?«, rief Stella.

»Sicher. Was denn sonst?« Luna lachte und strahlte. »Und wenn wir das tun, wäre es mir doch sehr recht, wenn du diese Jacke nicht anhättest.«

Stella saß nur starr da.

»Ach ja, und wir holen Sir Toby.«

»Sir Toby?« Stella schaltete nicht gleich.

»Den jungen Greyhound von Chris«, sagte Padraig. »Luna heiratet mich nur mit Hund, hat sie gesagt. Weil sie sich in den Hund verliebt hat. Was will ich da machen?!«

»Gute Wahl!«, erklärte Daniel, und es war nicht ganz klar, was er meinte. Den Hund? Luna? Oder Luna nicht zu widersprechen?

Luna genoss es sichtlich, dass sie alle in die Sprachlosigkeit getrieben hatte.

»Und du«, sie zeigte auf Daniel, »eventuell solltest du auf den Löcherpullover verzichten. Ich hab auch Männerbekleidung in der Stell-Kollektion.«

»Luna, du hast echt eine Kollektion nach mir benannt? Wirklich?« Stella fand ihre Sprache wieder.

»Ja, es gibt ja nun mal leider weltweit, in Kanada erst recht, Frauen, die Lässigkeit über alles stellen. Es ist die magische Macht des Faktischen. Wenn schon *leisure*, dann wenigstens so, dass man sich nicht schämen muss! Ich würde ja lieber Abendkleider designen.« Luna zwinkerte Anita zu.

»Und deshalb wird Luna was tun?«, assistierte Anita.

»Sie würde dem Sternchen das schönste Trauzeuginnen-Kleid designen. *Vintage.* Eines, wie es Enya getragen hat. Du bist doch meine Elfenkönigin von der Elfenweide!«

Glossar

Motto

But the game never ends, when your whole world depends on the turn of a friendly card.

(Aus dem Song »The Turn of a friendly Card« von Alan Parsons Project)

Aber das Spiel endet nie, wenn deine ganze Welt von einer einzigen guten Karte abhängt.

(wörtlich: Aber das Spiel endet nie, wenn deine ganze Welt davon abhängt, dass eine freundliche Karte umgedreht wird.)

Seite 11

busy

beschäftigt

Seite 12
dirty old town
schmutzige alte Stadt

Seite 13
Roof Box
Eine Art Fenster über dem Türsturz im Hügelgrab von Newgrange in Irland

waterhorse
Als waterhorse (Wasserpferd) bezeichnet man eine mythologische Figur, die mal als Gestaltwandler beschrieben wird, der als Pferd, Mann oder Vogel auftreten kann, mal als See-Monster (mit einem Körper, der Merkmale von Pferd und Wal verbindet).

Seite 18
The Germans are not keen on gardening.
Die Deutschen haben es nicht so mit der Gartenarbeit.

Seite 18
I have nothing to declare but my genius.
Ich habe nichts zu verzollen als mein Genie
(angeblich von Oscar Wilde stammender Spruch bei seiner Einreise in die USA)

Seite 19
Rudy, the red-nosed reindeer
Rudy, das Rentier mit der roten Nase

Seite 20

Same procedure as every year

Der gleiche Ablauf wie in jedem Jahr
(aus dem Sketch »Dinner vor one oder Der 90. Geburtstag«)

Seite 39

»Paddy, we were just talking about you.«

Paddy, wir sprechen gerade über dich.

Seite 40

Hurling

Hurling ist ein Mannschaftssport keltischen Ursprungs, gespielt mit Schlägern (genannt Hurley) und Ball.
Hurling is a game for piano players, football for piano movers.
Hurling ist ein Spiel für Klavierspieler, Fußball für Klavier-Möbelpacker

Seite 43

ISPCA

Abkürzung für *Irish Society for Prevention of Cruelty to Animals*, größte irische Tierschutzorganisation

Seite 43, 44

travellers

Als Travellers, offiziell Pavee, bezeichnet man ein Nomadenvolk, das seit Jahrhunderten in Irland lebt. Seit 2017 werden sie offiziell als ethnische Minderheit anerkannt.

Seite 49

short bread

abgeleitet vom englischen *short dough* für Mürbeteig, ein süßes Mürbeteiggebäck

Seite 49

Christmas maniacs

Weihnachtsverrückte

Seite 72

Kitsch as Kitsch can

Frei übersetzt: So kitschig wie nur möglich

Seite 79

shabby chic

Einrichtungsstil, zu dessen Konzept unter anderem Möbel und Gegenstände mit sichtbaren (echten oder künstlich hinzugefügten) Gebrauchsspuren gehören. Die Bezeichnung leitet sich ab von englisch shabby, also »schäbig, heruntergekommen«.

Seite 80

black pudding

Als schwarzen oder Blutpudding bezeichnet man ein im Ofen gebackenes oder pochiertes Gericht aus Schweineblut, vermengt mit verschiedenen Zutaten.

Seite 92

by the way

übrigens

Seite 95

trail rides

Route für das Wanderreiten, also mehrtägige Wanderungen zu Pferd

Seite 98

You are an amazing young lady, Stella Bauer. *You are enchanting, you are a fairy, but your mind is more adult than the minds of most of my employees.*

Sie sind eine erstaunliche junge Frau, Stella Bauer. Sie sind entzückend, Sie sind eine Fee, aber Ihr Verstand ist erwachsener als der der meisten meiner Angestellten.

Seite 178

Nollaig shona duit

Fröhliche Weihnachten für dich

Go raibh maith agat

Danke schön

Seite 178

très charmant

sehr charmant

très joli

sehr hübsch

les montagnes luisent dans l'obscurité

Die Berge leuchten im Dunkeln.

Seite 201

Konterhalbe

Bier zur Bekämpfung der Kopfschmerzen am Morgen nach einer durchzechten Nacht

Seite 215

»You are invincible, you are the king, and you will win«

Du bist unbezwingbar, du bist der König, und du wirst siegen.

(Abgewandelte Textzeile aus dem Song »Crusader« von Chris de Burgh, original: *We are invincible, God is the king, We are invincible and we will win.*

Seite 220

Stangentreten

Stangentreten ist eine im Pferdesport eingesetzte Übung, bei der auf dem Boden liegende Stangen im Schritt, Trab oder Galopp zu überqueren sind, was Schwung und Takt des Pferdes sowie seine Konzentrationsfähigkeit, außerdem die Balance und das Rhythmusgefühl des Reiters verbessern hilft.

Clickern

Clickern ist eine Trainingsmethode, die richtiges Verhalten des Tieres z.B. beim Longieren durch eine Kombination aus Tonsignal (Clicker-Geräusch) und Belohnung (Leckerchen) positiv verstärkt.

Seite 225

The fastest Tinker Ireland has ever seen!

Der schnellste Tinker, den Irland je gesehen hat!

Rezepte

Lunas Punsch

Zutaten für 1 Glas

Irischer Whiskey
1–2 TL brauner Zucker
½ Bio-Zitrone
3–4 Nelken
Heißes Wasser

Zubereitung

Einen ordentlichen Schuss Whiskey in ein hitzebeständiges Glas oder einen Becher füllen. Den braunen Zucker hinzufügen. Die halbe Zitrone in Scheiben schneiden, mit den Nelken spicken und ins Glas legen. Das Glas mit kochend heißem Wasser füllen und vorsichtig umrühren, um den Zucker aufzulösen. Kurz ziehen lassen.

Phoebes Spiced Beef

Zutaten

4 Pfund Rinderbrust
1 TL grob gemahlener Pfeffer
100 g Meersalz
2 TL gemahlener Ingwer
1 TL gemahlene Nelken
1 EL Wacholderbeeren (optional)
1 EL gemahlener Piment
2 TL brauner Zucker
2 zerstoßene Lorbeerblätter
1 Zwiebel
1 ½ Becher Guinness
Brot, Chutney oder Senf zum Servieren

Zubereitung

Zuerst das Fleisch würzen. Dazu Pfeffer, Salz, die Gewürze und den Zucker vermischen; dann die zerstoßenen Lorbeerblätter und die klein geschnittene Zwiebel dazugeben. Das Fleisch mit der Mischung einreiben und in einem luftdichten Container für mindestens drei Tage im Kühlschrank aufbewahren. Das Fleisch einmal am Tag wenden und die Gewürzmischung neu einreiben.

Fleisch in einen Topf geben und mit einer Mischung aus Wasser und Guinness bedecken. Zugedeckt zum Kochen bringen und dann bei mittlerer Hitze für 3½ Stunden köcheln lassen und wenn nötig heißes Wasser nachgießen. Um zu kontrollieren, ob das Fleisch fertig ist, den Braten aus dem Topf nehmen und mit einem Messer hineinstechen. Wenn kein Saft mehr herausläuft, ist es zart. Dann aus dem Topf nehmen, abkühlen lassen und über Nacht zugedeckt im Kühlschrank lagern.

In dünne Scheiben schneiden und mit Brot und Chutney verzehren.

Grace' Mince Pie

Zutaten für ca. 24 Pies

180 g Butter
250 g Mehl
1 Eigelb
1 TL Salz
1 TL brauner Zucker
150 g getrocknete Aprikosen oder Orangeat
100 g getrocknet Datteln
50 g Rosinen
1 grob geriebener Apfel
1 TL gemahlener Piment oder Lebkuchengewürz
1 Prise Zimt
100 g gehackte Walnüsse oder Mandeln
5 EL Rum
2 Muffinbleche à 12 Mulden
Sahne zum Servieren

Zubereitung

Die weiche Butter mit dem Mehl verkneten. Eigelb unterkneten. Salz, Zucker und 2 EL kaltes Wasser zugeben und gut vermischen. Den Teig zu einer Kugel formen und in Folie eingewickelt eine Stunde im Kühlschrank ruhen lassen.

Währenddessen die Trockenfrüchte klein schneiden und mit dem geriebenen Apfel in einen Topf mit 200 ml kochendem Wasser geben. Ein paar Minuten ziehen lassen, dann den Topf vom Herd nehmen und die Mischung mit Piment und Zimt würzen. Walnüsse und Rum dazugeben. Alles gut vermengen.

Backofen auf 180 °C vorheizen. Teig auf einer bemehlten Arbeitsfläche ca. 3 Millimeter dick ausrollen und mit einem Glas Kreise ausstechen, die etwas größer sind als die Mulden einer Muffinform (ca. 8 Zentimeter Durchmesser). Teigkreise in gebutterte und bemehlte Muffinformen drücken. Jeweils 1 EL Füllung hineingeben. Restlichen Teig ausrollen und wieder Kreise in der Größe der Muffinform ausstechen. Aus der Hälfte der Kreise mittig Herzen oder Sterne ausstechen und diese auf die Füllungen legen. Den Rest der Kreise als Deckel auf die verbleibenden Füllungen legen und leicht andrücken.

Im vorgeheizten Ofen ca. 30 Minuten backen, danach abkühlen lassen, aus der Form stürzen und mit etwas Sahne verzehren.